双葉文庫

はぐれ長屋の用心棒

怒れ、孫六

鳥羽亮

目次

この作品は双葉文庫のために書き下ろされました。

怒れ、孫六　はぐれ長屋の用心棒

第一章　お　菊

一

　ういっ、と孫六は喉を鳴らし、手の甲で口をぬぐった。愛嬌のある狸のような顔が赭黒く染まり、体が揺れている。

「おい、飲み過ぎだぞ」

　菅井紋太夫が、顔をしかめて言った。

　孫六と菅井は、本所松坂町にある亀楽という縄暖簾を出した飲み屋で飲んでいた。ふたりが、飯台を前にして飲み始めてから一刻（二時間）ちかくなる。

　孫六と菅井は、本所相生町にある伝兵衛店という棟割り長屋に住んでいた。亀楽と伝兵衛店が近いこともあって、菅井や孫六をはじめ長屋の男たちは何かあると亀楽に飲みに来ていたのである。

亀楽には、ほかに客がふたりいた。大工らしい男で、ふたりは棟上げの様子を話しながら飯台を前にして酒を飲んでいる。

「菅井の旦那ァ、これからでさァ」

孫六は、手にした銚子を菅井に差し出した。その手が震えている。だいぶ酔っているようだ。

「歩けなくなったら、置いていくからな」

菅井が猪口を手にしたまま言った。

「餓鬼じゃァねえんだ。……歩いて帰れまさァ」

そう言って、孫六は自分の猪口にも酒をついでいる。

孫六はすでに還暦を過ぎていた。隠居の身である。元は腕利きの岡っ引きだったが、十年ほど前に中風を患い、左足がすこし不自由になって引退したのだ。いまは、娘夫婦の世話になっている。

孫六は酒に目がなかったが、自由に使える金がないし、娘夫婦にも遠慮していたので、外ではあまり飲まなかった。そのため、外で飲む機会があると、どうしても飲み過ぎてしまうのだ。

そのとき、奥の板場からおしずが大きな皿を手にしてやってきた。焼き魚のいい匂いがする。

「鰯が焼けましたよ」

おしずの手にした皿に、焼いた鰯が二尾載っていた。焼きたてらしく、ジュクジュクと音をたてている。

おしずは四十がらみ、小柄でほっそりしていた。亀楽の手伝いをしている。おしずは孫六たちと同じ伝兵衛店に住んでいた。おしずの子の平太は、孫六たちの仲間だった。孫六たちといっしょに亀楽に飲みに来ることもあったが、今日は長屋に残っている。

亀楽のあるじは元造。寡黙な男で愛想など口にしたことがないが、孫六たちにはあれこれ気を使ってくれる。いまは、板場にいて客に出す肴を調理しているはずだ。

「旨そうだな」

菅井が目を細めた。

菅井は五十路を過ぎていたが、独り者である。ふだんは、両国広小路で居合抜きを観せて口を糊していた。いわば、大道芸人である。

菅井は肩まで伸びた総髪をしていた。肉をえぐりとったように頬がこけていた。細い目がつり上がり、顎がしゃくれている。その顔が、酒気を帯びて赤らんでいた。般若のような顔付きである。

「旨え！」

孫六が目を細めて言った。

菅井と孫六が、焼いた鰯に箸を伸ばしているとき、戸口の引き戸があいて、職人らしい男がふたり入ってきた。小太りの男と浅黒い顔をした男である。

菅井と孫六は、ふたりの顔をどこかで見たような気がしたが、名は知らなかった。おそらく、住居は近いのだろう。

ふたりの男は、孫六たちの脇の飯台に腰を下ろした。

すぐに、小太りの男が、

「あの爺さん、助かるかな」

と、昂った声で言った。

「まさか、やつら、娘にも手をかけたんじゃァあるめえな」

もうひとりの浅黒い顔をした男が、顔をしかめた。

「爺さんと娘は、長屋の者かな」

「そうかもしれねえ」

ふたりのやり取りを聞いていた菅井が、

「爺さんと娘が、どうかしたのか」

と、訊いた。ひとりの男が長屋の者と口にしたので、伝兵衛店とかかわりのある話と思ったようだ。

「二本差しと遊び人ふうの男ふたりに、爺さんと娘が襲われたんでさァ」

小太りの男が言った。

「なに、襲われただと！」

菅井の声が大きくなった。

孫六は驚いたような顔をして、ふたりの男に目をやっている。

「じ、爺さんは、斬られやしたぜ」

浅黒い顔をした男が声をつまらせて言った。

「長屋と言っていたが、どこの長屋だ」

菅井が訊いた。

「は、はぐれ長屋で……」

「はぐれ長屋だと！」

思わず、菅井が腰を上げた。

孫六は驚いたような顔をしてふたりの男を見ている。

はぐれ長屋とは、伝兵衛店のことだった。伝兵衛店には、食いつめ牢人、その道から挫折した芸人や職人、その日暮らしの日傭取りなど、はぐれ者が多く住んでいたので、界隈の住人たちにそう呼ばれるようになったのだ。孫六と菅井も、はぐれ者のひとりである。

「斬られたのは、だれだ！」

さらに、菅井が訊いた。

「わ、分からねえ……」

小太りの男が、菅井の剣幕に圧倒され、首をすくめながら言った。

「元造！」

菅井が呼んだ。

その声で、板場から元造とおしずが慌てた様子で出てきた。菅井の大声に、店で何か起こったと思ったらしい。

「長屋で、何かあったようだ。勘定は後にしてくれ。また、出直す」

そう言って、菅井が脇に置いてあった刀をつかんだ。

「へ、へえ……」

元造が驚いたような顔をして、菅井と孫六を見つめている。

「孫六、行くぞ」

「へい！」

菅井と孫六は、亀楽から飛び出した。

二

五ツ（午後八時）を過ぎているだろうか。はぐれ長屋に向かう路地は夜陰につつまれ、人影はなかった。路地沿いの家々から洩(も)れてくる灯(ひ)もなく、ひっそりと寝静まっている。

孫六と菅井は、懸命に走った。孫六は不自由な左足を引き摺(ず)るようにして、菅井についてくる。

頭上に弦月が皓々(こうこう)とかがやき、人影のない路地を淡い青磁色(せいじいろ)に染めていた。ふたりの影が、踊るようについてくる。

はぐれ長屋の路地木戸が見えるところまで来ると、

「す、菅井の旦那！　あそこに」

孫六が指差した。

路地木戸の前に、人だかりができていた。大勢である。二十人余が集まっている。長屋の住人たちだった。女の姿もある。

走り寄る菅井と孫六の足音を耳にしたのだろう。人だかりが動き、

「菅井の旦那だ！」

「孫六さんもいるよ」

と、女の声が聞こえた。長屋の女房たちらしい。

孫六と菅井が喘ぎ声を上げながら人だかりに近付くと、平太と茂次が駆け寄ってきた。茂次も菅井たちの仲間である。

「とっつァん、爺さんが、おめえを呼んでるぜ」

茂次が、声高に言った。とっつァんとは、孫六のことである。

「おれを、呼んでるだと。……だれだ」

孫六が人だかりに目をやって訊いた。

「だれだか、分からねえよ」

茂次が言った。

「どこにいる」

「こっちだ」

茂次が先にたち、前をあけてくれ、と長屋の住人たちに声をかけた。

その場に集まっていた住人たちが、慌てて身を引いて道をあけた。

路地木戸の前に、男がひとりへたり込んでいた。その脇に、若い娘がひとり心配そうな顔で立っている。

男は年寄りだった。鬢や髷が真っ白である。斬られたらしく、小袖が血に染まり、苦しげに顔をしかめていた。

孫六は男のそばに走り寄り、男の顔を見たが、だれか分からない。

「孫六だ。おれを知ってるのか」

孫六が男の顔を覗き込みながら訊いた。

「ば、番場町の……。おれだ、黒江町の島吉だよ」

男が苦しげに顔をしかめながら言った。

孫六は岡っ引きをしていたころ、本所の番場町に住んでいたので、番場町の親分と呼ばれていたのだ。

「島吉か！」

孫六は思い出した。

十数年前まで、島吉は深川黒江町で幅を利かせていた渡世人だった。孫六が深川にある賭場を探ったとき、島吉のことを知り、それとなく身辺を探ってみた。島吉は、おたみという女房と黒江町の長屋に住んでいた。同じ長屋に娘夫婦も暮らしていた。娘の名がおせん、亭主の名が仙次郎である。仙次郎は料理屋の包丁人だった。ふたりの間には、三つになる男児と生まれたばかりの女児がいた。

……博奕打ちなどやってる身じゃァねえ。

と、孫六は思い、島吉に足を洗うよう勧めた。

島吉は五十路を越していたこともあって、渡世人の足を洗うことを承知した。そして、おたみとふたりで縄暖簾を出した飲み屋を始めたのである。

その後、孫六は深川に足を伸ばすと、飲み屋に立ち寄って島吉と話すようになった。孫六は島吉との話のなかで、深川を縄張りにしている博奕打ちや遊び人などの情報を得ることができたのだ。

だが、孫六は岡っ引きの足を洗った後、黒江町に行くこともほとんどなくなり、島吉の顔も見なくなった。その島吉が、いま目の前で血塗れになっているのである。

「お、親分に、頼みがあって……」

島吉が、絞り出すような声で言ったとき、口から苦しげな呻き声が洩れた。

「爺ちゃん、しっかりして……」

そばにいた娘が、声を震わせて言った。

……この娘が、孫だな。

と、孫六は気付いた。

あのとき、赤子だった子がいま美しい娘になっている。十四、五であろうか。色白で、目鼻立ちのととのった顔立ちだが、まだ子供らしさが残っている。

「孫六、その男の手当てが先だぞ。おれの家へ連れ込め」

菅井が言った。

孫六には、娘夫婦と富助という孫がいた。そこへ、島吉を連れ込んでも、寝かせるところがないだろう。菅井は独り暮らしだったので、家に怪我をした島吉を連れ込む余裕がある。

「島吉、話は後だ！」

孫六はそう言うと、近くにいた茂次に、東庵先生を呼んでくれ、と頼んだ。東庵は相生町に住む町医者で、緊急のときは夜でも診てくれる。

「呼んでくるぜ」

すぐに、茂次が走り出した。

「しっかりしろ、いま、手当てしてやる」

孫六と菅井とで島吉の両腕をとって肩に担ぎ、島吉を菅井の家まで運び込んだ。娘がおろおろしながらついてきた。

その夜、東庵が島吉の傷の手当てをした。島吉は肩から胸にかけて深く斬られていた。出血も激しい。

東庵は、出血をとめるために金創膏（きんそうこう）をたっぷり塗った晒（さらし）を傷口にあてがい、その上から晒を幾重にも巻いて強く縛った。

東庵は手当てを終えると、孫六と菅井に、

「何とか血が、とまればいいんだが……。今夜が、やまかもしれない」

そう言い置いて、腰を上げた。

茂次と平太とで、東庵を家まで送ることにした。

三

しだいに、夜が更けてきた。

菅井の家に集まっていた長屋の住人たちが、ひとり去り、ふたり去りしていなくなったとき、

「お、親分すまねえ。世話をかけちまった」

島吉が顔をしかめて言った。まだ、傷が痛むらしい。

「この娘は、おめえの孫かい」

孫六が訊いた。

孫六の顔はまだ赤みを帯びているが、物言いはふだんと変わらなかった。酔いは、覚めたようだ。

「そ、そうだ。お菊って名でさァ」

島吉が言うと、

「……菊ともうします」

お菊が、孫六と菅井に頭を下げた。色白の顔が紙のように蒼ざめ、体が小刻みに顫えている。

「そうかい。大きくなったなァ」

孫六は、一度だけ赤子だったお菊を見たことがあったのである。

「お、親分に、頼みてえことがあって……」

島吉が、声を震わせて言った。

「今夜は、遅え。……明日、聞かせてくんな」

孫六は、東庵が、今夜が、やまかもしれない、と口にしたことを思い出し、今夜は静かに寝かした方がいいと思ったのである。

すると、島吉は頭をもたげ、

「き、聞いてくれ！……どうしても、親分に頼みてえことがあって、長屋を訪ねてきたんだ」

と、訴えるように言った。顔が苦しげにゆがんでいる。

「分かった。ともかく、体を動かすな」

慌てて、孫六が言った。

「お菊を、助けてやってくれ」

島吉が孫六を見上げ、拝むように掌を合わせた。

「どういうことだ」

孫六が訊いた。

「お菊を、攫おうとしているやつらがいるんで」

「人攫いか」

「それが、ただの人攫いじゃァねえんでさァ」

「……！」

孫六と菅井が、島吉に目をやった。

「目星をつけた娘を、四、五人もで襲って、親の前で強引に連れていくんでさァ」

島吉によると、人攫い一味は家にまで乗り込んで連れていくという。一味のなかに腕のたつ牢人や遊び人などもいて、抵抗すると刀をふるって斬ることもあるそうだ。

「ひどいやつらだな」

菅井が顔をしかめた。

「それじゃァ、年頃の娘は外も歩けねえじゃァねえか」

孫六が言った。

「そ、それが、評判の娘だけを狙っているらしいんで……」

一月ほど前には、深川では美人で評判だった水茶屋の茶酌み女が、店から連れ去られたという。

「そういえば、この娘も美人だ」

菅井が、お菊に目をやって言った。

お菊は、怯えたような顔をして身を縮めている。菅井の般若を思わせるような顔が、恐ろしかったのかもしれない。

「お菊も、そいつらに狙われたのか」

孫六が訊いた。

「そうでさァ。お菊は、八幡さまの門前の茶店で手伝いをしてやして、それで評判がたったらしい」

八幡さまとは、富ケ岡八幡宮のことである。付近には深川七場所と呼ばれる岡場所もあり、参詣客だけでなく遊山客が多いことでも知られていた。

「この娘なら、そうかもしれねえなァ」

孫六がお菊に目をやって言った。まだ、子供らしさが残っているが、人目を引くほど器量がいい。

……子供のころのおみよに、似ている！

と、孫六は思った。

おみよは、孫六の娘だった。いまは又八というぼてふりの女房で、富助という子供の母親である。孫六は、おみよの家族といっしょに暮らしていたのだ。

お菊は、おみよの子供のころの顔と似ていた。おみよは、お菊ほどの器量よしではなかったが、黒眸（くろめ）がちの眼や形のいいちいさな唇などが、子供のころのおみよを思い出させたのである。

「お、親分、やつら、狙ったら何度も襲ってくるんでさァ。それで、あっしは親分の力にすがろうと思って、お菊を連れてきやしたが、長屋の近くでやつらにつかまっちまって……」

島吉によると、牢人ひとりと遊び人ふうの男がふたりで、無理やりお菊を連れていこうとしたという。

そのとき、長屋から出てきた数人の男が、その様子を目にして騒ぎ立てた。その騒ぎを聞き付けて、さらに大勢長屋から飛び出してきたという。

「そこへ、おれたちも駆け付けたってわけか」

孫六が言った。

「……」

島吉は無言でうなずいた。

「おまえを斬ったのは、牢人か」

菅井が訊いた。

「そうで……」

「腕のたつ男のようだ」

菅井が細い目をひからせた。

菅井は、両国広小路で居合抜きを観せていた。大道芸人である。ただ、居合の腕は本物だった。田宮流（たみやりゅう）居合の達人で、刀傷を見て相手の腕のほどを知る目もあった。

「それで、この娘の両親（ふたおや）はどうしたんだい」

孫六が、島吉に訊いた。

「ふたりとも死んじまって……。あっしが親代わりになって、お菊の面倒をみてきたんでさァ」

島吉によると、孫六が岡っ引きの足を洗って一年ほどしたとき、島吉の女房のおたみが病死し、そのおたみの後を追うようにお菊の母親のおせんが亡くなったという。その後、お菊は父親の仙次郎と島吉の手で育てられたが、その仙次郎も二年ほど前、やくざの喧嘩に巻き込まれて死んだそうだ。

「その後は、あっしが……」

島吉が、顔をしかめて言った。傷が痛むらしい。

「娘夫婦には、男児もいたんじゃァねえのかい」

当時、孫六は、島吉から娘夫婦には三つになる男児がいる、と訊いた覚えがあった。

「与之吉（よのきち）なら、上方（かみがた）にいるはずだ」

島吉によると、父親の仙次郎は、与之吉が十二歳になったとき、上方の料理屋に修業にやったという。仙次郎の叔父が、京で料理屋をやっていたそうだ。仙次郎には、倅に料理人の跡を継がせたい気持ちがあったという。

「いろいろあったようだな」

孫六が小声で言った。

「町方には、話さないのか」

菅井が訊いた。

「それが、土地の御用聞きに何度か話しやしたが、娘を尾（つ）けまわしているわけにはいかねえ、と言って、相手にしてくれねえんで」

「うむ……」

深川を縄張りにしている岡っ引きも、人攫い一味には腕のたつ牢人もいると知って、二の足を踏んでいるのだろう、と孫六はみた。

「お、親分、お願いしやす。お菊を、やつらの手から守ってやってくだせえ」

島吉が縋るような目で孫六をみた。

「そう言われてもな。おれは見たとおりの年寄りだし……」

孫六は、困惑したような顔をして視線を膝先に落とした。

「親分、あっしは、親分たちが何をしてるか知っていやす。それで、こうやってお菊を連れて訪ねてきたんでさァ」

そう言って、島吉は孫六と菅井に目をやった。

孫六や菅井たちのことを、はぐれ長屋の用心棒などと呼ぶ者がいた。これまで、孫六たちは、はぐれ長屋で起こった事件はもとより、無頼牢人に強請られた商家を助けたり、勾引かされた娘を助け出したりしてきた。その都度、相応の礼を貰い、それが孫六たちの暮らしの足しになっていたのだ。

「うむ……」

孫六は、戸惑うような顔をして口をつぐんだ。

菅井も黙っている。迂闊に引き受けられなかった。ただの人攫いではないように思えたのだ。背後には黒幕がいて、人攫い一味を指図しているのではあるまいか。

四

華町源九郎は、懐手をしてぶらぶら歩いていた。はぐれ長屋につづく路地を初夏の陽射しが照らしている。

源九郎は、還暦にちかい老齢だった。はぐれ長屋で、独り暮らしをしている。着古した小袖に薄汚れた羊羹色の袴を穿いていた。鬢や髷には白髪が目立ち、丸顔ですこし垂れ目だった。茫洋としてしまりのない顔付きである。

ただ、体は老いを感じさせなかった。背丈は五尺七寸ほどあり、胸が厚く、腰がどっしりしていた。剣術の稽古で鍛えた体である。

源九郎は鏡新明智流の遣い手だった。少年のころから二十歳を過ぎるころまで、南八丁堀の蜊河岸にあった鏡新明智流、桃井春蔵の士学館に通って修行したのだ。

華町家は、五十石の御家人だった。源九郎が五十代半ばのころ、妻が病死し、倅の俊之介が嫁をもらって家を継いだこともあって、家を出てはぐれ長屋で気儘な隠居暮らしを始めたのである。

華町家は、深川六間堀町にあった。いまは、倅夫婦と嫡男の新太郎、長女の八重の四人家族である。

昨夜、源九郎はめずらしく華町家に泊まった。陽が西の空にまわったころ訪ねたこともあって、俊之介が、

「父上、久し振りに一杯どうですか」

と言って誘い、父子で盃をかたむけた。それで、遅くなって泊まり、朝餉まで馳走になったのだ。

五ツ半（午前九時）ごろだった。夏の陽射しがはぐれ長屋につづく路地に照り付けていた。

源九郎は、額に浮いた汗を手の甲で拭いながら路地木戸をくぐった。

井戸端に、お熊とおまつの姿があった。ふたりは長屋に住む女房である。手桶を脇に置いて何やら話していた。

ふたりは源九郎の姿を目にすると、すぐに近寄ってきた。

「華町の旦那、昨夜はどこに行ってたんです」

お熊が言った。声に、非難するようなひびきがある。

お熊は四十代半ば、助造という日傭取りの女房である。子供はなく、夫婦で源九郎の斜向かいに住んでいた。お熊は樽のように太り、恥ずかしげもなく股をひ

ろげて、太股や二布(ふたの)を覗かせていたりする。がらっぱちで、色気などまったくないが、心根はやさしく面倒見がよかった。それで、長屋の住人には好かれ、頼りにされていた。独り者の源九郎にも気遣いをみせ、残りのめしや煮染(にしめ)などを持ってきてくれた。

「倅の家にな」

源九郎が小声で言った。

「泊まったんですか」

「そうだ」

「泊まるなら泊まるといってくれないと、困るんですよ」

お熊が上目遣いに源九郎を見ながら言った。

「うむ……」

なんで、お熊に断らなければならないのだ、と源九郎は思ったが、黙っていた。相手は口の達者なふたりである。言い負けるのは、分かっていた。

「昨夜ね、あたしら、華町の旦那を探して長屋中歩いたんですよ」

お熊が言うと、

「そうですよ。長屋中歩いたんですから」

と、おまつが言い添えた。

おまつは、お熊の隣に住む日傭取りの辰次の女房だった。亭主が同じ日傭取りのせいもあって気が合うのか、ふたりで話していることが多い。

「何かあったのか」

源九郎が訊いた。

「昨夜ね、娘さんといっしょに長屋に来たお年寄りが、路地木戸の前で斬られたんですよ。そこへ、菅井の旦那と孫六さんが帰ってきて、大騒ぎになったんです」

お熊が言うと、おまつが、

「そのお年寄りと娘さんは、いまも菅井の旦那のところにいるんですよ」

と、口をとがらせて言った。

「そのふたり、菅井の知り合いなのか」

「それが、孫六さんの知り合いらしいんだよ。孫六さんの家は狭いだろう。それで、菅井の旦那のところに泊まったようだよ」

お熊が言った。

「年寄りの名は」

「島吉さん。娘さんが、お菊さん。……娘さん、器量よしでね。長屋の若い衆が、覗きにいったくらいなんだよ」

お熊が、まったく、すけべな男たちなんだから、と顔をしかめて言い添えた。

「様子を見てみるか」

源九郎は、自分の家に帰ってもやることがなかった。それで、行く気になったのだ。

「あたしらも、行ってみようか」

お熊が言うと、おまつもうなずいた。

ふたりは、空の手桶を持ったまま源九郎についてきた。

菅井の家の腰高障子のむこうから、話し声が聞こえた。菅井と孫六、それに聞き覚えのない男の掠れ声が聞こえた。

「菅井、入るぞ」

源九郎が腰高障子越しに声をかけた。

「華町か、入ってくれ」

すぐに、菅井の声が返ってきた。

源九郎は、障子をあけて土間に入った。お熊とおまつが、首をすくめながらついてきた。

座敷のなかほどで、男がひとり布団の上に横になっていた。肩から胸にかけて分厚く晒が巻いてある。その晒に、どす黒い血の色があった。路地木戸の前で斬られたという年寄りらしい。

横になっている男の枕元に、菅井、孫六、茂次、それに十四、五と思われる娘が座っていた。斬られた年寄りといっしょにいた娘らしい。器量のいい娘である。ただ、顔が蒼ざめ、不安そうな表情を浮かべていた。

座敷には、重苦しい雰囲気があった。

「華町、上がってくれ」

菅井が言った。顔を憂慮の翳がおおっている。

見ると、孫六と茂次の顔にも、不安と心配の入り交じったような表情が浮いていた。

源九郎は足音をたてないように座敷に上がり、菅井の脇に座った。お熊とおまつは遠慮して上がり框に腰を下ろしている。

源九郎は、布団の上に横になっている男に目をやった。男は苦しげに顔をゆがめ、呻き声を洩らしている。

……長くはない！

と、源九郎は思った。

男は目をとじていた。顔が土気色をし、息が乱れている。ときどき薄目をひらき、お菊、お菊、とつぶやいていた。

「島吉だ。……木戸門のところで斬られたのだ」

菅井が、小声で言った。

その菅井の声が聞こえたのか。島吉が目をひらき、右手を伸ばしてだれかを探すように動かし、

「お、お菊……」

と、声をかけた。

すぐに、お菊が島吉の手を握り、

「爺ちゃん……」

と、涙声で言った。お菊の体が、顫えている。

「親分……」

島吉が、孫六の方に顔をむけた。

「島吉、しっかりしろ！」

孫六が声をかけた。

「た、頼む。お菊を助けてくれ……」

「分かった。お菊は、おれたちが、きっと守るからな」

孫六が、涙声で言った。

「あ、ありがてえ……」

島吉の口許にかすかな笑みが浮いたとき、顔が苦しげにゆがみ、身をのけ反らせるようにした。

島吉の体が顫えだし、グッ、と喉が鳴って、顎を突き出すようにした。すると、島吉の体から力が抜け、ぐったりとなった。

島吉はかすかに体を痙攣（けいれん）させていたが、すぐに動かなくなった。目をとじ、息の音も聞こえない。

「死んだ……」

菅井が低い声でつぶやいた。

お菊が島吉に抱き付き、顔を胸に埋（うず）めて、泣きだした。泣き声に、絹布でも引き裂くような悲痛のひびきがあった。

源九郎をはじめその場に集まった男たちは、頭（こうべ）を垂れたままお菊の慟哭（どうこく）を耳にしていた。

五

島吉の葬式は、源九郎や孫六たちが中心になり、はぐれ長屋の住人たちの手で出してやった。葬式といっても、長屋の住人たちが集まって簡単な供養をし、男たちの手で回向院の隅に埋めてやっただけである。

葬式を終えた翌日、源九郎、孫六、菅井、茂次、平太、三太郎の六人が、源九郎の家に集まった。

源九郎たち六人が、はぐれ長屋の用心棒と呼ばれる男たちである。

茂次は、研師である。茂次は刀槍を研ぐ名の知れた研師に弟子入りしたのだが、師匠と喧嘩して飛び出してしまった。その後は、路地や長屋などをまわり、包丁や鋏を研いだり、鋸の目立てなどをして暮らしをたてていた。茂次も、はぐれ者のひとりである。

平太はまだ若く独り者だった。ふだんは鳶をしていたが、仕事を休んで源九郎たちと行動を共にすることが多かった。足が速く、動きが敏捷だった。それで、すっとび平太と呼ばれている。

三太郎は、砂絵描きだった。砂絵描きは、染粉で染めた砂を色別にちいさな布袋に入れて持ち歩き、人出の多い寺社の門前や広小路などに場所を決め、水を撒いた地面に色砂をたらして絵を描く見世物である。

「今日は、茶でいいかな」

源九郎が言った。

「亀楽は、またにしやしょう」

酒に目のない孫六が、殊勝な顔をして言った。

「湯は沸かしてある」

そう言って、源九郎は沸かしてあった鉄瓶の湯を急須にそそぎ、それぞれの湯飲みについでやった。六人の湯飲みは、お熊が気を利かせて用意しておいてくれたものである。

源九郎たち六人は亀楽に集まって一杯やりながら話すことが多かったが、さすがに今夜は酒を飲む気になれなかったのだ。

「お菊を、どうするな」

源九郎が切り出した。

「お菊さんは、いまどこにいるんで」

茂次が訊いた。

「おれのところだ」

菅井が小声で言った。

お菊は、菅井の家にいた。お菊は、身近にいるたったひとりの肉親の島吉を失った悲痛と不安にくわえ、ここ数日の疲労がたたって寝込んでしまった。いま、お菊のそばにお熊やおまつなど、長屋の女房連中がついて面倒をみていた。

「お菊さんは、帰(けえ)るところがねえんですかい」

平太が訊いた。

「深川に島吉がやっていた飲み屋があるらしいが、そこへ帰(けえ)すわけにはいかねえ。……そんなことをすれば、お菊を攫いにきたやつらに、渡してやるようなもんだ」

孫六が語気を強くして言った。

「孫六の言うとおりだ。いま、お菊を深川に帰すことはできない。身寄りもいないし、長屋を出れば暮らしてはいけないからな」

と、菅井。

「お菊には、兄がいるそうではないか」

源九郎は、葬式のとき、お菊が長屋の者に身寄りはいないのか訊かれ、兄がいると答えたのを耳にしたのだ。

「与之吉という兄貴が、上方にいるようだが……。いつ帰ってくるか、分からねえ」

孫六が渋い顔をして言った。

「お菊から聞いたのだがな、与之吉は上方に板前の修業にいったらしい。十八になったら帰ってくると言って、江戸を発ったそうだ」

菅井が言った。

「お菊は、いまいくつだ」

源九郎は、お菊が長屋の者と話しているとき、兄は三つ年上だと口にしたのを耳にしていた。

「十五といってやした」

すぐに、孫六が言った。

「それなら、兄は十八ではないか。……ちかいうちに、帰ってくるかもしれないぞ」

源九郎はそう口にしたが、上方まで板前の修業に行った男が、十八になったから帰ります、と言って、すぐに帰って来られるとは思えなかった。

「兄が帰ってくるまで、お菊をどうするのだ。このまま、おれのところに、おいてはおけないぞ」

菅井が渋い顔で言った。

お菊が長屋に来てから、菅井は夜だけ源九郎の家に来て寝ていた。同じ部屋で、お菊といっしょに夜を過ごすことはできなかったのである。

「華町の旦那も、まだ、枯れきってねえからな。あぶなくて、いっしょには泊められねえし、おれのところには寝る場所がねえ」

孫六がつぶやくような声で言った。

「孫六、真面目に考えろ、真面目に」

源九郎が苦笑いを浮かべて言った。顔がすこし赤くなっている。

「おい、おまきの家はどうだ」

菅井が言った。

「いいな、あそこには、男がいねえ」

と、茂次。

おまきは、長屋の住人である。一年ほど前、大工の手間賃稼ぎをしていた亭主が死に、いまは七つになる娘のお春（はる）とふたり暮らしだった。おまきは、近所のそば屋に手伝いにいっていて、それで何とか暮らしをたてていた。

「だが、おまきに、食わせてもらうわけにはいくまい」

いまも、おまきと娘は、食うや食わずの暮らしをしている。お菊を、食わせることはできないだろう。

源九郎は、おまきには頼めないと思った。

「旦那、あっしは島吉から銭をあずかってるんでさァ」

孫六は巾着（きんちゃく）を取り出し、

「二両ありやすぜ」

と言って、巾着を逆さにした。

一分銀が、ばらばらと畳の上に転がり出た。都合、八つあった。一分銀が四つで一両なので、二両ということになる。

「あの夜、島吉はあっしに、これでお菊を守ってくれ、と言って渡したんでさァ」

孫六が言った。

「わしらに、頼むつもりで持ってきたのか」

島吉は、有り金を掻き集めて長屋に来たのだろう、と源九郎は思った。

「この金を、おまきに渡して、お菊の世話を頼みてえ」

孫六の声には、いつになく強いひびきがあった。

「とっつァん、全部、おまきに渡しちまうのかい」

茂次が戸惑うような顔をして訊いた。

「そうよ。お菊のためだ」

「お、おれたちは……」

茂次が語尾を呑んだ。せめて、ひとり一分でも、分け前がもらいたいと思ったようだ。

「おれたちが、この金に手をつけるわけにはいかねえ」

孫六が声を強くして言った。

「そうだな」

源九郎が言った。

菅井たちは、渋い顔をして孫六に目をやっている。

六

源九郎たちは、お熊とおまつにもいっしょに行ってもらい、おまきに、しばらくの間、お菊をあずかってもらいたいと話した。

おまきは、戸惑うような顔をしたが承知した。

孫六が一分銀の入った巾着を手渡すと、おまきはなかを覗いて、

「わたし、こんなには、もらえない」

と、小声で言った。

「おまき、これは、亡くなった島吉からのものだ。遠慮なくもらっておけ」

源九郎が言うと、

「すいません」

おまきは、巾着を胸に抱き締めながら、その場にいた源九郎やお熊たちにも頭を下げた。おまきの胸の内には、お菊の同居を承知したが、お菊まで食わしてやれない、という思いがあったようだ。

これで、お菊の居所は決まったが、源九郎たち六人の胸の内はすっきりしなかった。これから、どうすればいいのか迷っていたのだ。お菊のことはそっとして

おき、それぞれの仕事にもどるか、お菊を攫おうとした一味を探って始末をつけるか、源九郎たちの気持ちは揺れていたのだ。

だが、島吉たちが長屋の路地木戸の前で襲われてから半月ほどした後、源九郎たちは迷いをふっ切ることができた。

その日、長屋に深川佐賀町にある油問屋、佐田屋のあるじ、稲兵衛が源九郎の家に姿を見せた。

稲兵衛は土間に立つと、

「は、華町さま、お願いがあってまいりました」

と、震えを帯びた声で言った。顔は蒼ざめ、苦悩の色があった。何か、あったらしい。

源九郎は生業にしている傘張りの仕事をやめ、片襷を外しながら、

「ともかく、腰を下ろしてくれ」

そう言って、稲兵衛を上がり框に腰を下ろさせた。座敷には古傘や傘張りの道具が置いてあったので、上げるわけにはいかなかったのだ。

「わしに、願いとは」

源九郎が訊いた。

「華町さまたちのお力で、娘を助け出してほしいのです」

稲兵衛が、縋るような目をむけた。

「娘さんが、どうかしたのか」

「攫われたのです。店の近くで……」

稲兵衛によると、娘の名はお幸で十五歳、ひとり娘だという。三日前の暮れ六ツ（午後六時）ちかく、お幸は店の近くの大川端の通りで男たち三人に襲われ、無理やり駕籠に乗せられて連れ去られたという。

「店の奉公人が、連れ去られるところを見て、後を追ったらしいのですが……。どうにもなりませんでした」

稲兵衛が肩を落として言った。

「人攫いか……！」

源九郎は、お菊たちを襲った三人ではないか、と直感した。

「華町さま、どうか、お幸を連れ戻してください」

稲兵衛は、絞り出すような声で言った。

「連れ戻してくれ、と言われてもな。見てのとおり、わしは年寄りだし、傘張りをして細々と暮らしている身だからな」

源九郎は、困惑したような顔をした。

「いえ、華町さまたちが、どんなことをなさってきたか存じております。……頼りにできるのは、華町さまたちだけなのです」

どうやら、稲兵衛は、源九郎たちがはぐれ長屋の用心棒と呼ばれ、これまで何をしてきたか知っているようだ。

「町方には、話さないのか」

源九郎が訊いた。

「親分さんは頼りになりませんもので……」

稲兵衛は、娘が攫われた後、すぐに土地の岡っ引きに話したが、色男と駆け落ちでもしたんじゃァねえか、と言って、まともに取り合ってくれなかったという。

「娘さんを連れ去った三人に、心当たりはないのか」

「ありません」

すぐに、稲兵衛が言った。

「三人から何か言ってこなかったか。金を出せとか……」

「何も言ってきません」

「身の代金が目当てではないようだ」

強請りやたかりでもないらしい、と源九郎は思った。

「どうか、娘を助けてください」

稲兵衛が、訴えるように言った。

「うむ……」

源九郎が渋っていると、
稲兵衛は懐から袱紗包みを取り出し、

「これは、お礼でございます」

と言って、源九郎の膝先に置いた。

袱紗包みの膨らみ具合から見て、切り餅が四つ、百両ありそうだった。

切り餅は、一分銀を百枚紙につつんだ物である。一分銀は四枚で一両なので、百枚で二十五両。切り餅四つで、百両である。

「これで、何とか……」

稲兵衛が言った。

「分かった。できるだけのことはやってみよう」

源九郎は、袱紗包みに手を伸ばした。胸の内に、お菊のことも解決できるかもしれない、との思いがあった。

「ありがとうございます」

稲兵衛は、立ち上がって深々と頭を下げた。

源九郎は稲兵衛を送り出した後、すぐに孫六の家に行き、

「お菊のことで話がある。みんなを、亀楽に集めてくれ」

と、頼んだ。

「承知しやした」

孫六は戸口から飛び出し、菅井たちの家をまわった。

七

「話は、一杯やってからだ」

源九郎が集まった男たちに言った。

亀楽に顔をそろえたのは、源九郎、菅井、孫六、茂次、平太、三太郎の六人である。六人が腰を下ろしている飯台には、銚子と肴が並んでいた。肴はたくあんの古漬け、煮染、それに冷奴(ひややっこ)だった。

他の客はいなかった。源九郎たちが縄暖簾をくぐったとき、職人ふうの男がふ

たりいたが、ふたりは源九郎たちが顔をそろえていっときすると、銭を払って帰った。すでに、五ツ(午後八時)ちかかったこともあり、その後の客はなかった。

源九郎は、男たちが酒をつぎあって喉を潤したのを見てから、

「深川に佐田屋という油問屋があるのを知っているか」

と、切り出した。

「知ってやすぜ」

茂次が言った。茂次は、研師として深川にも足を伸ばすので、佐田屋のことも知っているようだ。

「今日な、佐田屋のあるじの稲兵衛が、わしのところに来たのだ」

源九郎が、佐田屋の娘のお幸が三人の男に攫われたことを言い添えた。

「その三人は、お菊を攫おうとしたやつらじゃァねえのか」

孫六が声を大きくして言った。

「わしも、お菊を攫おうとした三人とみている」

源九郎が言った。

「それで、稲兵衛は何と言ったのだ」

菅井が話の先をうながした。

「お幸を助けてくれ、と頼まれてな。これを預かっている」

そう言って、源九郎は懐から袱紗包みを取り出した。切り餅が四つ包んである。

孫六をはじめ五人の目が、袱紗包みに集まった。

源九郎が袱紗包みを解いた。

「百両ある」

「ひゃ、百両……！」

孫六が目を剝(む)いた。

茂次、平太、三太郎も、息をつめて切り餅を見つめている。菅井まで、ごくりと唾を呑んだ。

「どうだ、やるか。みんながやるなら、この金を分けるが、やらないなら佐田屋にそっくり返そうと思っている」

「やる、やる！」

茂次が声を上げた。

茂次につづいて、孫六たちが、おれもやる、と声をそろえて言った。菅井がす

こし遅れて、

「おれも、やってもいい」

と、渋い声で言った。

「これで決まりだ。どうだ、ひとり十五両では……。十両残るが、わしらの飲み代にするつもりだ。それに、お菊にも、二両ほど渡しておきたい。お菊も、無一文では可哀そうだからな」

源九郎が言った。

「それがいい。お菊も、銭がねえと、かわいそうだ」

すぐに、孫六が言った。

菅井たちも承知したので、源九郎は切り餅の紙を破り、一分銀を男たちの前に配った。そして、残った十両をあらためて紙につつんでしまうと、

「今夜は、飲もう」

と、男たちに言った。

「ありがてえ、これで、金の心配をしねえで飲める」

孫六がニンマリして、猪口に手を伸ばした。

それから源九郎たちは、一刻(二時間)ほども飲んだ。他の客が入らなかった

こともあり、亀楽の元造は酒だけ出して板場からあまり顔を出さなくなった。手伝いのおしずは先に長屋に帰ったらしい。

「だいぶ、飲んだな。そろそろ引き上げるか」

源九郎が孫六たちに言った。

「こうやって、みんなで酒は飲めるし、お菊のこともみんなで助けてやれるし、こんな嬉しいことはねえ」

孫六が涙声で言った。顔が赭黒く染まり、立ち上がった体が揺れている。いまにも、よろけて倒れそうである。

孫六は久し振りで源九郎たちと飲み、そのうえ金の心配もしないで済むので、すこし飲み過ぎたようだ。

「孫六、しゃっきりしろ。お菊やお幸を助ける前に、おまえを助けねばならなくなりそうだ」

菅井が顔をしかめて言った。菅井の顔も赤みを帯び、夜叉（やしゃ）のような顔になっていたが、それほど酔った様子はなかった。

「茂次、三太郎、ふたりは孫六といっしょに帰ってくれ」

源九郎が、ふたりに声をかけた。

「とっつァん、しっかりしろ」

茂次と三太郎は、孫六の両脇に立って孫六の腕をとってやった。

源九郎は板場にいた元造に飲み代のほかに一分余分に渡し、菅井とともに亀楽を出た。孫六たち四人は先に店から出ていた。

満天の星だった。十六夜の月が皓々とかがやいている。清夜である。微風に涼気があり、酒気でほてった肌に心地好かった。

路地沿いの家並は夜の帳につつまれ、洩れてくる灯もなく、ひっそりと寝静まっている。前を行く孫六たちの足音と話し声が、妙にはっきりと聞こえてきた。

「き、聞いてくれよォ。……お、お菊がな、おれのことをよ、爺ちゃんみてえだなんて言うんだァ」

孫六はだいぶ酔ったらしく、呂律のまわらない声で言った。

「とっつァん、しっかりしねえと、おみよさんに、たたき出されるぜ」

茂次が言った。隠居である孫六は、娘夫婦の世話になっているのだ。

「お、おめえこそ、お梅によォ……。し、尻を、たたかれるんじゃァねえのか」

孫六が茂次に身を寄せて言った。お梅は、茂次の女房である。

「お梅が、つべこべ言ったら、おれがお梅の尻をたたいてやらあ」

と、茂次。

「キッヒヒヒ……。お梅の尻を、ペチャペチャたたいた後に、お楽しみってことだな」

そう言った後、孫六が卑猥（ひわい）な笑い声を上げた。

「とっつァんは、てめえの尻でもたたくんだな」

茂次が言った。

孫六たち四人は、肩をつついたり、よろけたりしながら夜の路地を歩いていく。

「華町――」

菅井が声をかけた。

「なんだ」

「あいつら、飲むと下劣になるな」

「おれたちだって、似たようなものだ。孫六たちといっしょになって飲んで、こうやっていい気持ちになっているのだからな」

「そうだな」

菅井が渋い顔をして言った。

第二章　三人の男

一

「華町の旦那、いやすか」

　腰高障子のむこうで、孫六の声がした。

　源九郎は、座敷でにぎり飯を食っていた。昨夕、源九郎はめずらしくめしを炊いた。そして、夕餉を食った後、残ったためしをとっておいて、今朝握りめしにしたのである。

「いるぞ。入ってくれ」

　源九郎が声をかけた。

　すぐに、腰高障子があいて孫六が入ってきた。孫六は、座敷で源九郎が握りめ

しを食っているのを見て、

「旦那、いま朝めしですかい」

と、驚いたような顔をして訊いた。

五ツ（午前八時）ごろだった。長屋の男たちの多くは朝めしを終え、仕事に出た後である。

「わしが、炊いためしだぞ。ひとつ、食うか」

源九郎が、手にした握りめしを差し出した。

「あっしは、朝めしを食ってきやした。又八が仕事に出て、一刻（二時間）ちかく経ちやすぜ」

孫六があきれたような顔をして言った。

又八は孫六の娘のおみよの亭主だが、ぼてふりなので朝が早いのだ。

「まァ、そこに腰を下ろせ。すぐに、食べ終える」

そう言って、源九郎は握りめしの残りを頬張った。

源九郎と孫六は、これから深川佐賀町に行くことになっていた。稲兵衛や奉公人から、お幸が攫われたときの様子を訊いてみようと思ったのだ。

源九郎は握りめしを食べ終えると、湯飲みの水を飲んだ。湯を沸かすのが面倒だったので、茶を淹れずに水で我慢したのである。

「さて、行くか」

源九郎は、立ち上がって大きく伸びをした。

腰高障子をあけて外に出ると、初夏の陽射しが照り付けていた。長屋はひっそりしていた。亭主たちは、朝餉を終えて働きに出ているのだろう。女房たちは、朝餉の後片付けを終えて、一休みしているころである。

源九郎と孫六は、陽射しのなかを竪川にむかって歩いた。竪川にかかる一ツ目橋を渡ってから深川にむかうのである。

「孫六、どうだ、お菊は」

歩きながら、源九郎が訊いた。源九郎は、孫六がお菊の暮らしぶりを見るため、ときおりおまきの家に立ち寄っていることを知っていたのだ。

「だいぶ、元気になりやしてね。おまきに代わって、洗い物や洗濯などをしてるようですぜ」

「それは、よかった」

「お菊は、気立てのいい娘でね。あっしの顔を見ると、長屋のみなさんにすまない、と涙声で言うんでさァ。……あっしのことを、島吉と重ねているのか、爺ちゃんみたいだ、なんて言うんですぜ」

孫六が目尻を下げて言った。

「孫六が頼りなんだろうな」

身寄りも知り合いもいないお菊には、頼れる者が島吉から話を聞いていた孫六しかいないのかもしれない。

「お菊の兄だが、帰ってくる様子はないのか」

源九郎が訊いた。

「便りはねえらしい。……お菊も、心の内じゃァ与之吉が帰（けえ）ってくるのを待ってるにちがいねえが、どうにもならねえ」

孫六がしんみりした口調で言った。

ふたりはそんなやり取りをしながら、竪川にかかる一ツ目橋を渡った。大川沿いの道を川下にむかえば、深川佐賀町に出られる。

源九郎たちは御舟蔵（おふなぐら）の脇を通り、御籾蔵（おもみぐら）の前まで来ると、右手に大川にかかる新大橋が見えてきた。

風のない晴天で、大川は静かだった。川面が夏の強い陽射しを反射（はね）て、ギラギラとかがやいている。川面を行き来する猪牙舟（ちょきぶね）、屋根舟、茶船などが、強い陽射しに炙られているようだ。

ふたりは川沿いの道を歩き、仙台堀にかかる上ノ橋を渡って佐賀町に入った。

「佐田屋は、もうすこし川下だったな」

歩きながら源九郎が言った。

「油堀にかかる橋の手前でさァ」

ふたりがいっとき川下にむかって歩くと、前方に油堀にかかる橋が見えてきた。

「あの店ですぜ」

孫六が前方を指差した。

大川端沿いに、土蔵造りで二階建ての大きな店が見えた。裏手に白壁の土蔵もある。店のすぐ前にちいさな桟橋があり、猪牙舟と茶船が舫ってあった。干鰯、魚油、搾滓などを運ぶ佐田屋の舟であろう。

店の前で、船頭らしい男が大八車で運んできた叺を店に運び込んでいる姿が見えた。印半纏姿の奉公人が、指図している。叺には干鰯でも入っているのかもしれない。

源九郎と孫六は、佐田屋の暖簾をくぐった。ひろい土間があり、土間の隅に運び込んだ叺を積み上げていた。

　正面がひろい座敷になっていて、手代らしい男が商家の旦那らしい男となにやら話していた。得意先との商談かもしれない。

　左手に帳場があり、帳場格子のむこうで番頭らしい男が算盤(そろばん)をはじいていた。初老の瘦せた男である。

「いらっしゃい」

　座敷にいた手代らしい男が源九郎と孫六を目にし、腰を低くして近寄ってきた。顔に訝(いぶか)しそうな色がある。源九郎は武士体だったので、客とは思わなかったのだろう。

「どのようなご用件でしょうか」

　手代らしい男が訊いた。

「相生町の伝兵衛長屋から来たと、あるじの稲兵衛に伝えてくれんか」

　源九郎は、他の客に聞こえないように小声で言った。

　手代らしい男は戸惑うような顔をしたが、すぐに源九郎たちの用件を察したらしく、

「お待ちください」

と言い残し、慌てて番頭らしい男のそばに行った。

番頭らしい男は手代から話を聞くと、すぐに腰を上げて、源九郎たちのそばに来た。

「てまえは、番頭の嘉造でございます。おふたりは、伝兵衛店からお越しいただいたそうで」

嘉造が声をひそめて訊いた。顔に、緊張の色がある。ふたりの男が、あるじの娘のお幸が攫われた件で来たと分かったようだ。

「華町源九郎ともうす」

源九郎が言うと、

「あっしは、孫六」

と、孫六がつづいて言った。

「し、しばし、お待ちを——。すぐに、あるじに訊いてまいります」

嘉造は慌てた様子で帳場の脇から店の奥へむかった。

いっときすると、嘉蔵はもどってきて、

「あるじが、奥の座敷でお会いしたいともうしております。どうか、お上がりになってくださいまし」

そう言うと、源九郎と孫六を座敷に上げた。

二

源九郎と孫六が嘉蔵に案内された座敷に腰をおろすと、すぐに廊下を歩く足音がし、稲兵衛が姿を見せた。

……いい知らせは、ないらしい。

源九郎は、稲兵衛の顔を見て思った。

稲兵衛の顔は、苦悩の翳でおおわれていた。長屋で会ったときより、顔の艶がなくなったように見える。おそらく、娘のことが心配で食事もまともに喉を通らないのだろう。

稲兵衛は、源九郎の前に膝を折ると、

「お幸のことで何か……」

と、不安そうな顔をして訊いた。

「いや、探るのはこれからだが、まず、娘御のことや攫われたときの様子をくわしく聞きたいと思ってな」

「……」

稲兵衛は無言でうなずいた。

「この話は内密にしてほしいのだが、長屋にな、人攫い一味に攫われそうになった娘を匿（かくま）っているのだ」

源九郎が声をひそめて言った。

「まことでございますか」

稲兵衛が驚いたような顔をした。

「しかも、その娘を攫おうとした男たちは、三人でな。お幸を攫おうとした者たちと同じ人数らしいのだ」

源九郎は長屋暮らしの隠居だが、武士なのでお幸を呼び捨てにした。

「……！」

稲兵衛が息をつめて源九郎を見つめている。

「ところで、奉公人が、お幸を攫おうとした者たちを目にしたそうだな」

源九郎が訊いた。

「は、はい……」

「その者を、呼んではもらえまいか。三人のことが、はっきりするかもしれん」

「す、すぐに」

稲兵衛が慌てて立ち上がった。

待つまでもなく、稲兵衛が奉公人をひとり連れてきた。十五、六であろうか。身装（みなり）から見て、丁稚（でっち）らしかった。

「丁稚の竹吉（たけきち）でございます」

稲兵衛が言うと、

「竹吉です」

と言って、男が源九郎に頭を下げた。緊張しているのか、顔がこわばっている。

「お幸が、攫われるところを見たそうだな」

「は、はい……」

「それで、三人だったのか」

「三人です」

「遊び人ふうの男ふたり、牢人体の武士がひとりではないか」

源九郎が訊いた。

「そうです」

竹吉は、あらためて源九郎を見つめた。顔に驚いたような表情がある。竹吉は、源九郎の口振りから、三人のことを知っていると思ったのかもしれない。

「やはり、長屋にいる娘を攫おうとした三人組らしい。ところで、その三人は、初めて見る者たちか」

「は、はい」

「お幸を駕籠で連れていったと聞いたが、まことか」

源九郎が念を押すように訊いた。

「三人の男は、お嬢さまを無理やり駕籠に押し込んで、連れていったのです」

竹吉が、うわずった声で言った。お幸が攫われたときのことを思い出したのかもしれない。

「駕籠かきは、別にいたのか」

「はい」

「辻駕籠か」

「そうです」

「辻駕籠屋は、分かるか」

分かれば、駕籠かきはすぐにつきとめられる、と源九郎は思った。駕籠かきが知れれば、お幸がどこに連れていかれたかも分かるだろう。

「それが、遠くてよく見えなかったんです」

竹吉が困ったような顔をした。

「お幸を攫った三人だが、見覚えのある者はいなかったのか」

「いません」

「駕籠は、どちらにむかった」

「川下の方に……」

竹吉によると、駕籠は川下にむかったが、永代橋のたもとまでは行かず、左手の路地に入ったという。

「そうか」

駕籠は東にむかったようだ。永代橋まで行かなかったのは、人目に触れるのを避けるためかもしれない。永代橋はひとの行き来の多い橋で、たもと付近にも大勢のひとがいたはずである。

源九郎が口をとじると、黙って話を聞いていた孫六が、

「お嬢さんは、器量のいい方だと、耳にしやしたが……」

と、稲兵衛を上目遣いに見ながら訊いた。

「き、器量がいいかどうかは……。親にとっては、可愛い娘でした」

稲兵衛が言いにくそうな顔をすると、

「お嬢さまはお綺麗で、近所では深川小町と呼ばれていました」

竹吉が声を大きくして言った。

「やはりそうか」

孫六が顔をひきしめてうなずいた。岡っ引きらしい顔付きである。

次に口をひらく者がなく、座敷が静寂につつまれたとき、

「華町さま、いろいろ噂を耳にしているのですが……」

稲兵衛が小声で言った。

「話してくれ」

「深川だけでなく、川向こうの日本橋でも攫われた娘がいるようでして……。やはり、十四、五歳の娘だそうです。……女衒ではないかと言う者がいるのですが」

女衒は、女を遊女として売ることを生業にしている者である。

「まだ、何とも分からんな。女衒と決め付けるのは早い」

「は、華町さま、お幸は無事でしょうか」

稲兵衛が震えを帯びた声で訊いた。

「お幸は無事でいるはずだ。危害をくわえるつもりなら、駕籠で運ぶようなことはしないからな」

お幸はどこかに監禁されている、と源九郎はみていた。一味が、評判の町娘を狙っていることからみて、遊女に売るつもりかもしれない。ただ、すぐに男の相手をさせられることはないはずだ。攫った娘に遊女として男の相手をさせるには、強引な手を使ってでも親許に帰ることを諦めさせ、客をとることを承知させねばならない。遊女屋の仕来たりも、教えねばならないだろう。

「それならいいのですが……」

稲兵衛は、視線を膝先に落とした。その顔を憂慮の濃い翳がおおっている。稲兵衛の胸にも、娘は吉原や深川の女郎屋に売られるのではないか、という心配があるにちがいない。

「これからお幸を攫った者たちから、何か言ってくるかもしれん。ともかく、何かあったら知らせてくれ」

そう言い残して、源九郎は腰を上げた。

三

源九郎と孫六は、佐賀町に出かけた翌日、浅草諏訪町に足をむけた。岡っ引きの栄造に会うためである。

孫六は、番場町の親分と呼ばれていたころから栄造と懇意にしていた。源九郎たちはぐれ長屋の者も、栄造のことを知っている。

源九郎たちは、これまでも栄造の手を借りて事件にあたったことがある。事件の下手人をつきとめたり、捕縛したりするにはどうしても町方の手が必要なのだ。一方、栄造にとっても、源九郎たちと協力して下手人を捕縛できれば都合がよかった。己の手柄になったのである。

「栄造はいるかな」

竪川沿いの通りを歩きながら、源九郎が言った。

「いるはずでさァ」

栄造は事件の探索にあたっていないとき、女房のお勝といっしょにそば屋をやっていた。店の屋号は勝栄である。お勝と栄造から、一字ずつとって店の名にしたらしい。

源九郎たちは大川にかかる永代橋を渡り、浅草橋を通って奥州街道を北にむかった。そのまま行けば、諏訪町に出られる。

浅草御蔵の前を通り過ぎてしばらく歩くと、前方に諏訪町の家並が見えてきた。諏訪町に入って間もなく、ふたりは右手の路地に入った。

路地を一町ほど歩くと、店先に暖簾を出したそば屋があった。勝栄である。

「ごめんよ」

孫六が声をかけ、ふたりは暖簾をくぐった。

店に、客の姿はなかった。まだ、四ツ（午前十時）ごろなので、店をあけたばかりかもしれない。

奥の板場の方で、いらっしゃい、という女の声がし、下駄の音が聞こえた。姿を見せたのはお勝である。子持ち縞の単衣に、赤い片襷をかけていた。お勝には、まだ子供がいなかった。新妻らしさが残っていて、あらわになった色白の腕や襟元の胸が色っぽい。

「あら、いらっしゃい」

お勝が、笑みを浮かべて言った。お勝は、孫六と源九郎のことを知っていた。店で、顔を合わせたことがあったのである。

「親分はいるかい」

孫六が訊いた。

「いますよ。呼びましょうか」

「頼む」

「そこに、腰を下ろしてくださいな」

そう言い残し、お勝は足早に板場にもどった。

源九郎と孫六が、板敷きの間の上がり框に腰を下ろすと、すぐに下駄の音がして栄造が姿を見せた。

栄造は濡れた手を前だれで拭きながら、源九郎たちのそばに来ると、

「ふたり、お揃いで……。あっしに、何か用ですかい」

と、小声で訊いた。

「おめえに、訊きてえことがあってな」

孫六が言った。

「何だい」

栄造は、孫六の脇に腰を下ろした。

「伝兵衛店の前で、年寄りと娘が男たちに襲われてな。年寄りが斬り殺されちま

ったんだが、おめえの耳に入ってるかい」

　孫六が岡っ引きらしい物言いで訊いた。

「聞いてるぜ」

「三人組でな、娘を攫おうとしたらしいんだ」

　孫六が、娘を長屋で匿っていることを言い添えた。

　源九郎は黙っていた。この場は、孫六にまかせようと思ったのだ。

「それで」

　栄造が話の先をうながした。双眸に鋭いひかりが宿っている。腕利きの岡っ引きらしい目である。

「実は、佐賀町でも、同じ年頃の娘が三人組に攫われたのよ。そいつらは、伝兵衛店の前で娘を攫おうとした三人組と、同じやつらと睨んでるんだ」

　孫六は油問屋の佐田屋の名を出した。

「華町の旦那たちが、その件を探ってるんですかい」

　栄造は、源九郎たちがはぐれ長屋の用心棒と呼ばれ、勾引かされた娘を助け出したり、ならず者に強請られた商家を守ったりしていることを知っていた。

「まァ、そうだ」

源九郎は否定しなかった。

「栄造、八丁堀は動いてねえのかい」

孫六が訊いた。

「おれは手を出してねえが、深川の御用聞きは探ってるはずだぜ」

「佐田屋のあるじは、娘が攫われたことを御用聞きに話したんだが、相手にしてもらえなかったと言ってたぜ」

「御用聞きにも、いろいろいるからな」

栄造が苦笑いを浮かべた。

「それで、おめえはどうなんだい」

孫六が探るような目で栄造を見た。

「まだ、村上の旦那から話はねえが、先に動いてもいいようだ」

栄造が顔をひきしめて言った。

村上彦四郎は、南町奉行所の定廻り同心だった。栄造は村上に手札をもらっている。源九郎たちもこれまでかかわった事件で、何度も村上と顔を合わせていた。手を組んで、事件にあたったこともある。

源九郎たちが話しているところに、お勝が姿を見せた。湯飲みを載せた盆を手にしている。源九郎たちに茶を淹れてくれたようだ。

源九郎たちは話をやめ、茶を飲みながら一息ついた。

「栄造、何か分かったら話してくれんか。むろん、わしらからも知らせる」

源九郎が言った。

「承知しやした」

栄造がうなずいた。

そのとき、客が入ってきたこともあり、源九郎たちは、事件の話をやめた。それに、話したいことはあらかた済んでいたのだ。

源九郎と孫六は栄造にそばを頼み、腹拵えをしてから勝栄を出た。

四

その日の夕方、源九郎の家に男たちが集まった。源九郎、菅井、孫六、茂次、平太、三太郎の六人である。

「今日は、一杯やりながら話そう」

源九郎が言った。

男たちの膝先には、湯飲みと酒の入った貧乏徳利が置いてあった。男たちが酒を持ち寄ったのである。

湯飲みの酒で喉を潤した後、

「まず、わしから話そう」

源九郎が切り出し、佐田屋で聞いたことや栄造とのやり取りなどをかいつまんで話した後、

「どうだ、何か知れたか」

と、男たちに目をやって訊いた。

「あっしと平太とで、八幡さま界隈で聞き込んだんですがね。お幸と似たような話を耳にしやした」

茂次が言った。

「似たような話とは？」

源九郎が訊いた。

菅井たちの目が、茂次に集まっている。

「山本町の飲み屋の親爺から耳にしたんですがね、半年ほど前、近所の下駄屋の娘がいなくなったそうでさァ。その娘は十四で、界隈では評判の器量よしだったらしいんで」

「三人組に攫われたのか」

すぐに、源九郎が訊いた。

「攫った者たちのことは、分からねえんで……」

「それで？」

源九郎が話の先をうながした。

「下駄屋のあるじは、山本町界隈を縄張にしている御用聞きに、娘が攫われたことを話したらしいんだが、御用聞きは駆け落ちだろう、と言ったきり、取り合わなかったそうで」

「いまも、娘の居所は分からないのだな」

「へい」

「うむ……」

「飲み屋の親爺が、あっしに話したんですがね。下駄屋の近所の者たちは、女衒の仕業か神隠しじゃァねえかと噂していたそうですぜ」

「神隠しということはあるまい。いずれにしろ、佐田屋の事件も長引くかもしれんな」

源九郎の顔がけわしくなった。

茂次が口をつぐむと、

「あっしは、これといったことは聞き込めなかったんだが、気になることを目にしやした」

三太郎が小声で言った。

「何を目にしたのだ」

「へい……。あっしも、深川へ聞き込みに行きやしたが、その帰り、長屋の路地木戸の近くで、遊び人ふうの男を見かけたんでさァ」

三太郎によると、男は路地木戸の斜向かいの樹陰に立っていて、長屋から出てくる女房たちに声をかけて何やら訊いていたという。

「そいつは、長屋を探っていたんじゃァねえのか」

孫六が言った。

「あっしも、そう思いやしてね。長屋に帰ってから、話を訊かれていたお島さんに会って訊いてみたんでさァ。……お島さんの話じゃァ、ちかごろ長屋に若くて綺麗な娘が越してこなかったか、訊かれたそうですぜ」

お島は、伝兵衛店に住む手間賃稼ぎの大工の女房である。

「そいつは、お菊のことを探っていたんだ」

孫六が声を大きくして言った。

「そうらしいな。……お島は、その男にどう話したのだ」

源九郎が訊いた。

「うちの長屋には、綺麗な娘がいっぱいいるから、だれのことか分からないと答えたそうでさァ」

「お島らしいな」

「他にも、訊かれたようですぜ」

「何を訊かれた」

「華町の旦那と、菅井の旦那のことで」

「わしらのことだと」

源九郎が言うと、菅井が、

「おれたちの何を訊いたのだ」

と、脇から口を挟んだ。

「お島さんは、旦那たちが、ふだん長屋にいるのか訊かれたようでさァ」

「それで、お島はどう答えた」

今度は、源九郎が訊いた。

「華町の旦那は長屋にいることが多いが、菅井の旦那は、両国橋のたもとで居合抜きを観せていると話したそうで」

「正直に話したのか」

菅井が渋い顔をした。

「どうやら、お菊だけでなく、わしらのことも探っているようだ」

源九郎が男たちに目をやって言った。

「そいつら、長屋で何をするつもりなんだ」

平太がうわずった声で言った。

「お菊を、攫うつもりではないかな。そのために、わしらのことも探ったのかもしれん」

源九郎が言った。

男たちの顔がけわしくなった。娘を攫った一味は、お菊が長屋に匿われているとみて、踏み込んでくるのではないか、と思ったようだ。

「おれたちのことも知ったとなると、油断はできんぞ」

菅井が細い目をひからせて言った。

「旦那、どうしやす」

孫六が源九郎に訊いた。

「お菊に、長屋から出てもらうか」

源九郎が言った。

「そんなことは、できねえ！　死んでも、お菊は守る」

孫六がむきになって言った。

「それなら、お菊は長屋にいてもらい、わしらの手で守ってやるしかあるまい」

「おれたちの手で、お菊さんを守るんだ！」

平太が声を上げた。

菅井や茂次たちも顔をひきしめてうなずいた。

「だが、用心しないとな。しばらく、交替で路地木戸の辺りに目を配るか」

源九郎が男たちに目をやって言った。

「それがいい」

すぐに、茂次が承知した。

源九郎たちは、朝方、昼過ぎ、夕方の三度、交替で路地木戸の周辺に目を配ることにした。ただ、長時間見張ることはできないので、長屋に出入りするおり、いっとき様子を見ればいいことにした。

「それからな、お菊を守っているだけでは、いつまで経っても埒が明かないぞ。三人組の正体をつきとめて始末しないとな」

「聞き込みをつづけやすか」

茂次が訊いた。

「いや、お幸を運んだ辻駕籠屋をつきとめるのが先だな。深川にある辻駕籠屋とみていい」

そう言って、源九郎が佐田屋の竹吉から聞いた話を伝えた。

「明日、深川へ行きやす」

茂次が言うと、孫六たちがうなずいた。

それから、半刻（一時間）ほど飲んで、孫六たち四人が腰を上げた。明日、深川をまわるつもりで深酒はひかえたのだろう。

孫六たち四人が戸口から出ていっても、菅井だけが座敷に残った。

「菅井、飲みたりないのか」

源九郎が訊いた。

「いや、酒はいい。……これから、やらねばならんことがある」

菅井が真剣な顔をして言った。

「な、なんだ」

「将棋だ、将棋」

「将棋だと……」

「華町、このところ将棋をやっていないぞ。腕がむずむずして、このままでは今夜は眠れそうもない」

「……」

源九郎は呆れて言葉が出なかった。

菅井は、無類の将棋好きだった。暇さえあれば、将棋盤と駒を持ってきて源九郎に対局をせがむ。好きなくせに、腕の方はそれほどでもなかった。下手の横好きというやつである。

「華町、ここにいろよ。いいな、いま、将棋盤を持ってくるからな」

そう言い置くと、菅井は慌てて戸口から出ていった。

源九郎は、腰高障子をあけたまま出ていった菅井の背が夜陰に消えていくのを見ながら、……しかたない、久し振りで付き合ってやるか。

と、つぶやいて、湯飲みに残っていた酒を飲み干した。

五

路地木戸から出ようとした孫六が、慌てて身を引き、

「旦那、いやす！」

と、声を殺して言った。

「長屋を探っている男か」

源九郎が訊いた。

「そうらしい」

「どこにいる」

源九郎は、その男を目にしなかったのだ。

「八百屋の脇に」

路地木戸の斜向かいに小体（こてい）な八百屋があった。その脇にひそんでいるらしい。

「わしも、見てみる」

源九郎は路地木戸からすこし顔を出して、斜向かいに目をやった。

……いる！

八百屋の脇に身を隠すようにして、遊び人ふうの男が立っていた。長屋の路地

木戸の方に目をむけている。

「あの男、長屋を探っているようだ」

話の聞けそうな者が、長屋から出てくるのを待っているのだろう。それに、源九郎たちの動きを探っているのかもしれない。

「どうしやす」

孫六が訊いた。

「わしらがこのまま路地木戸から出ていって、やつの目にとまるのはまずいな」

源九郎と孫六は深川に行って、辻駕籠屋を探すつもりだった。途中、娘を攫った一味が何か手を打ってくるかもしれない。

「旦那、やつをつかまえやすか。吐かせれば、何か出てきやすぜ」

「その前に、やつを尾けてみないか。お幸が監禁されているところへ行くかもしれんぞ」

源九郎が言った。監禁場所にいかなかったとしても、男の塒をつきとめれば、いつでも捕えることができる。

「そうしやしょう」

源九郎と孫六は、いったん長屋にもどった。

ふたりは、長屋の脇にある空き地へ足をむけた。そこは、長屋の子供たちの遊び場になっていて、空き地から路地につづく小径があった。遠回りになったが、ふたりはそこを通って路地に出た。

ふたりは、路地沿いの樹陰から八百屋に目をやった。

「旦那、いやすぜ」

孫六が指差した。

遊び人ふうの男は、まだ八百屋の脇にいた。長屋の路地木戸に目をやっている。

「わしらには、気付かなかったようだな」

「やろう、あっしらに見張られてるのも知らずに、長屋を見張ってやすぜ」

孫六が口許に薄笑いを浮かべた。

そのとき、路地木戸から子供がふたり出てきた。房吉と七助だった。ふたりとも長屋の子供で、五、六歳である。ふたりは路地木戸から出て、男のいる八百屋の方へ歩いていく。

すると、遊び人ふうの男が八百屋の脇から路地に出て、ふたりの子供の前に立った。声をかけて、何やら訊いている。

「やろう！　餓鬼から聞くつもりだ」

孫六の顔に、怒りの色が浮いた。

「子供なら、隠さず話すとみたのだな」

遊び人ふうの男は、お菊が長屋にいることを聞き出すだろう、と源九郎は思った。ただ、房吉たちが話さなくても、いつか分かることである。

遊び人ふうの男は房吉たちから離れると、八百屋の脇にはもどらず、そのまま竪川の方へ足をむけた。

「やつは、帰る(けえ)ようですぜ」

孫六が言った。

「跡を尾けよう」

「へい」

ふたりは、樹陰から路地に出て遊び人ふうの男の跡を尾け始めた。

遊び人ふうの男は、竪川にかかる一ツ目橋を渡り、大川端沿いの道に出た。川下にむかっていく。

尾行は楽だった。遊び人ふうの男は、自分が尾行されているなどとは思ってもみないらしく、振り返って後ろを見ることはなかった。

陽は西の空にまわっていたが、まだ陽射しは強かった。大川端沿いの通りには、ちらほら人影があった。ぼてふり、風呂敷包みを背負った行商人、供連れの武士などが長い影を落として通り過ぎていく。

「やつは、どこへ行くつもりだ」

孫六が言った。

「どこかな」

源九郎には、見当もつかなかった。

前を行く遊び人ふうの男は、仙台堀にかかる上ノ橋を渡ったところで、左手におれた。仙台堀沿いの道を東にむかっていく。その辺りは、深川今川町である。

「旦那、浜乃屋に顔を出さなくていいんですかい。お吟さんが、待ってやすぜ」

孫六が薄笑いを浮かべて言った。

浜乃屋は今川町にあり、源九郎が馴染みにしている店である。女将のお吟とは情を通じた仲だった。ただ、ちかごろはご無沙汰していた。懐が寂しかったからである。いまは稲兵衛からもらった金があったが、今日はそれどころではない。

「わしが、浜乃屋に寄ってもいいのか。孫六ひとりで、跡を尾けることになるぞ」

「だ、旦那、それやァねえ。ここまでいっしょに来て、あっしをひとりにするんですかい」

孫六が慌てて言った。

「おまえが、浜乃屋のことなど持ち出すからだ」

そんなやり取りをしているうちに、男は今川町を過ぎたところで、掘割にかかる橋のたもとを右手に折れた。男は掘割沿いの道を南にむかっていく。

男は掘割沿いの道をいっとき歩き、仕舞屋（しもたや）の前で足をとめた。小体な借家ふうの仕舞屋である。この辺りは、深川堀川町（ほりかわちょう）である。

「旦那、家（へえ）に入りやすぜ」

孫六が言った。

男は仕舞屋の表戸をあけてなかに入った。

「やつの塒だ」

孫六が目をひからせて言った。

「そうらしいな」

ふたりは、通行人を装って仕舞屋に近付いた。

源九郎は家の前まで行くと、戸口に身を寄せたが足はとめなかった。歩調をゆるめただけで、そのまま通り過ぎた。通りに人影があったからである。

半町ほど歩いたところで、源九郎と孫六は路傍に足をとめた。

「なかで、話し声が聞こえたな」

源九郎は、家の戸口に身を寄せたとき、くぐもったような話し声を耳にしたのだ。話の内容は聞き取れなかったが、男と女の声であることは分かった。

「女と話してやした」

孫六も、話し声を聞いたらしい。

「男の女房かな」

「近所で聞き込んでみやすか」

「そうだな」

源九郎と孫六は、通り沿いに酒屋があるのを目にし、立ち寄ってあるじに話を聞いてみた。その結果、仕舞屋に住んでいるのは、利根次という男とお政という年増であることが知れた。

源九郎が利根次の生業を訊くと、

「あの男、何をしているのか、いつも遊んでいるようですよ」

あるじが、顔に嫌悪の色を浮かべて言った。

「女は？」

「妾のようです。八幡さまの近くの飲み屋にいた女と聞いたことがありますよ」

あるじが、売女ですよ、と顔をしかめて言い添えた。

源九郎と孫六は、酒屋のあるじに話を聞いただけで、堀川町を出た。陽が西の家並のむこうに沈み、そろそろ暮れ六ツ（午後六時）の鐘が鳴るころである。

六

源九郎と孫六は、だいぶ暗くなってからはぐれ長屋に帰り着いた。

「旦那、家にだれかいやすぜ」

孫六が言った。

「だれかな」

源九郎の家の腰高障子に灯の色があった。だれか、行灯を点しているらしい。

腰高障子をあけると、菅井と茂次が座敷のなかほどに座っていた。ふたりの膝先に、将棋盤が置いてある。

「お、華町か。遅かったな」

菅井が、土間に立った源九郎を目にして言った。

「な、何を、しているのだ」

源九郎が声をつまらせて訊いた。

「見れば、分かるだろう。将棋だよ」

「将棋って、おまえ、将棋をやるなら自分の家でやればいいだろう。何も、わしの家でやることはあるまい」

源九郎の顔が、呆れと怒りとでゆがんだ。

「何を言ってるんだ。おれと茂次はな、一刻（二時間）ほども前にここに来て、華町たちが帰ってくるのを待っていたのだぞ」

「うむ……」

「おれは、やりたくなかったのだがな。……茂次が将棋を教えてくれというので仕方なく、こうして将棋を指しながら、華町たちが帰ってくるのを待っていたのではないか」

菅井が言うと、茂次が膝先を源九郎にむけ、

「華町の旦那、そうじゃァねえんだ。あっしはやりたくねえって言ったのに、菅井の旦那が、教えてやる、と言って、あっしを無理やり座らせて……」

と、むきになって言った。

「どうでもいいが、何か話があって、わしらを待っていたのではないのか」

　源九郎は、座敷に上がった。

　孫六も薄笑いを浮かべながら座敷に上がり、茂次の脇に腰を下ろした。

「そうだ。華町に知らせておくことがあって、待っていたのだ。華町たちが遅いから、将棋をやることになったのだぞ」

　菅井が顔をしかめて言った。

「それで、何か知れたのか」

　源九郎が声をあらためて訊いた。

「辻駕籠屋が、知れたよ」

「知れたか」

「駕籠辰という辻駕籠屋でな、深川黒江町にある」

　菅井によると、菅井、茂次、平太、三太郎の四人で深川に行き、まず佐賀町にある辻駕籠屋に当たって話を聞いたという。

「話を聞いた駕籠かきのひとりが、黒江町にある駕籠辰の駕籠かきが、遊び人ふうの男に駕籠を貸した、と話しているのを耳にしたらしいのだ。それで、おれたちは黒江町まで行ってみたわけだ」

「それで」

　源九郎が話の先をうながした。

「駕籠を貸したのは、伊助という男でな。一日駕籠を貸してくれれば、一分出すと言われて貸したらしい」

「駕籠を貸したのは、お幸が攫われた日か」

　源九郎が念を押すように訊いた。

「そうだ」

「駕籠を借りた男の名は？」

「安次郎だ。八幡宮界隈で、幅を利かせている遊び人らしい」

「安次郎を押さえれば、一味のことが知れそうだな」

「お幸の監禁場所も知れるぞ」

　菅井が、とがった顎を突き出すようにして言った。得意そうな顔をしている。

　菅井たちの話が終わったとき、

「あっしらも、長屋を見張っていたやつをつかみやしたぜ」

　と、孫六が言った。

　孫六は、源九郎とふたりで長屋を見張っていた男の跡を尾け、男の名が利根次であることと隠れ家をつかんだことを話した。

「華町たちも、いい手掛かりをつかんだではないか」

　そう言って、菅井がうなずいた。

「それで、どうしやす」

　孫六が訊いた。

「わしは、もうすこし利根次の身辺を探ってみるつもりだ」

　源九郎は、利根次はお幸を攫った三人組のひとりではないような気がしていた。ただ、利根次が三人組の仲間であることは、まちがいないだろう。身辺を探れば、三人組の正体や塒が知れるのではあるまいか。

「それなら、おれたちは安次郎を探ってみよう」

　菅井が言うと、茂次もうなずいた。

「油断するなよ」

　どこに、一味の者たちの目がひかっているかしれないのだ。

「華町たちもな」

「分かっている」

　話がひととおり終わると、菅井が上目遣いに源九郎を見て、

「華町、寝るのは、まだ早いな」

と、小声で言った。

「将棋か」

源九郎は渋い顔をした。将棋など指す気にはなれない。

「一局、どうだ」

「駄目だ。駄目だ。わしは疲れた。もう寝るぞ」

源九郎は、座敷にいる男たちにむかって言った。

「仕方がない。今日は諦めるか」

菅井は顔をしかめて将棋盤を手にした。

七

「旦那、だれもいねえ」

孫六が路地木戸から路地に目をやって言った。

源九郎と孫六は、堀川町へ行って利根次の身辺を探るつもりだったが、その前に長屋を見張っている者がいるか確かめてみたのだ。

「しばらく、様子をみてみるか」

五ツ（午前八時）過ぎだった。これから、利根次が姿を見せるかもしれない。

ふたりは、路地木戸から離れ、長屋の脇の空き地から路地に出た。そして、以前身を隠した路傍の樹陰にまわった。

「だれも、いねえな」

孫六が言った。

路地は夏の陽射しに照らされ、白くかがやいていた。男たちが仕事に出てだいぶ経っていることもあり、路地の人影はすくなかった。ときおり、ぼてふりや近所に住む女房などが通りかかるだけである。

それから、小半刻（三十分）ほどして、

「そろそろ、深川へ行くか」

と、源九郎が声をかけた。

そのとき、路地の先で足音がした。

「平太だ！」

孫六が声を上げた。

平太が走ってくる。迅い！　すっとび平太と呼ばれるだけあって、足が人並外れて迅かった。

平太は菅井たちと黒江町に行くために、源九郎たちより早く長屋を出ていた。何かあって、もどってきたのだろう。

源九郎と孫六は、樹陰から路地に出た。

「だ、旦那！」

平太が喘ぎながら言った。

「どうした」

「ご、御用聞きが、殺られやした！……菅井の旦那に、華町の旦那に知らせろと言われて飛んできやした」

「だれが、殺られたのだ」

孫六が訊いた。

「名は知らねえ」

「栄造ではないのか」

源九郎の脳裏に、栄造のことがよぎった。栄造も深川で探索を始め、何者かに殺されたのではあるまいか。

「栄造親分じゃァねえ。だれか、分からねえが、菅井の旦那に華町の旦那を呼んでこいといわれて……」

「場所はどこだ」

「相川町でさァ」

深川相川町は、永代橋の先の大川端にひろがっている。

「行ってみよう」

源九郎たちはその場を離れ、竪川沿いの通りにむかった。

三人は大川端沿いの通りに出ると、下流に足をむけた。永代橋のたもとを過ぎると、通り沿いに相川町の町並がひろがっていた。

「あそこで！」

平太が指差した。

家並がとぎれたところに、人だかりができていた。そこは大川の岸近くで、大川の先には江戸湊の海原が見えた。ひろい海原が、夏の陽射しを反射て鏡面のようにひかっている。

人だかりのなかに、菅井や茂次の姿が見えた。黒江町に行く前に、ここでひっかかったらしい。

「村上の旦那がいやすぜ」

孫六が言った。

岸際に、定廻り同心の村上彦四郎の姿があった。小袖を着流し、羽織の裾を帯に挟む巻羽織とよばれる恰好をしている。巡視の途中、岡っ引きが殺されたことを耳にして駆け付けたのかもしれない。

「栄造親分もいやす」

平太が声を上げた。

村上の脇に栄造が立っていた。足元の叢に顔をむけている。そこに、殺された岡っ引きが横たわっているのかもしれない。

源九郎たちは、菅井たちに身を寄せた。

「おお、華町か。待っていたぞ」

菅井が声をひそめて言った。集まっている野次馬たちに、聞こえないよう気を配ったようだ。

「岡っ引きが、殺されたそうだな」

「あそこだ」

菅井が、立っている村上の足元を指差した。

男がひとり俯せに倒れていた。小袖を裾高に尻っ端折りし、股引に草履履きだった。まわりの叢が血に染まっているのは分かったが、傷口は見えなかった。

「名は分かりやすか」

孫六が訊いた。

「深川を縄張にしている長助という男らしいぞ」

「長助ですかい」

孫六がけわしい顔をした。

「長助を知っているのか」

「話したことはねえが、噂は聞いていやす」

孫六によると、村上に手札をもらっているひとりで、深川では腕利きとして名のとおった男だという。

「死骸を拝ませてもらうか」

源九郎は村上の方へ足をむけた。

菅井や孫六たちが、源九郎についてきた。

「華町の旦那たちかい」

村上が苦笑いを浮かべて言った。

「近くを通りかかったのでな。死骸を見せてもらっていいかな」

「かまわねえが……。旦那たちには、後で話がある」

村上が笑いを消して言った。

源九郎は無言でうなずき、叢に横たわっている死体に近付いた。

「こ、これは！」

源九郎は目を見張った。

凄まじい斬撃である。長助の肩から背にかけて、ザックリと斬り割られていた。ひらいた赭黒い傷口から、截断された鎖骨が白く覗いている。

……遣い手だ！

と、源九郎は察知した。

下手人は、武士にちがいない。一太刀、背後から袈裟に斬り下げたのだ。

「剛剣だな」

菅井も驚いたような顔をしている。

「これだけの剛剣を遣う者は、そういないぞ」

膂力のすぐれた者が、踏み込みざまふるった一撃にちがいない。

源九郎は栄造に身を寄せ、

「この男は、何を探っていたのだ」

と、小声で訊いた。

「旦那たちと同じでさァ」

栄造が顔をけわしくして言った。

すると、栄造の脇に立っていた村上が、

「長助は、攫われた娘のことを探っていたのだ」

と、言い添えた。

「うむ……」

村上が佐田屋の娘のお幸が攫われたことを耳にし、長助に探らせていたのではあるまいか。となると、長助は人攫い一味に斬られたことになりそうだ。

「旦那たちも、人攫いの件に首をつっ込んでいるようだな」

村上が訊いた。

「佐田屋に頼まれてな」

源九郎は否定しなかった。村上も、源九郎たちが頼まれて強請りから店を守ったり、攫われた娘を助け出したりしていることを知っているのだ。それに、隠してもすぐに知れることである。

「長助も、佐田屋の件を探っていたのだ。……人攫い一味に、殺られたのかもしれねえ」

村上の顔がきびしくなった。

「一味には、腕の立つやつがいるようだ」

源九郎が、横たわっている長助に目をやって言った。

「油断はできねえな」

「うむ……」

源九郎も、伝兵衛店を見張られていることを思い出し、いつ狙われるか分からない、と思った。

「それで、旦那たちは何かつかんでいるのかい」

村上が訊いた。

「まだ、探り始めたばかりだが、実は、わしらがこの件にかかわっているのは、わけがあるのだ」

村上には隠さずに話しておこう、と源九郎は思った。

「わけとは？」

「伝兵衛店の前で、娘が攫われそうになってな。その娘を助けたのが始まりなのだ」

そう前置きして、源九郎は島吉が殺され、孫娘のお菊を長屋であずかっていることを話した。

「そうだったのかい」

「わしらは、もうすこし様子が見えてきたら、村上どのの耳にも入れておこうと思っていたのだ」

「栄造に話してくれれば、おれの耳にも入るぜ」

村上が言った。

「そうしよう」

源九郎は、村上から離れた。長助が殺された件は、村上にまかせておこうと思ったのである。

このとき、人だかりのなかに、ふたりの男が立っていた。手ぬぐいで頰っかむりした遊び人ふうの男と牢人体の武士である。

ふたりは、村上や源九郎たちに目をやっていた。そして、源九郎や菅井たちが村上のそばから離れると、

「旦那、やつらですぜ」

遊び人ふうの男が、源九郎たちを指差して言った。

「伝兵衛店のやつらか」

「そうでさァ」

「どこへ行くか、跡を尾けてみろ」

牢人体の武士が、小声で言った。

「へい」

遊び人ふうの男は、人だかりから出た。そして、源九郎や菅井たちが、その場を離れてから跡を尾けだした。

牢人体の武士は路傍に立ったまま、源九郎たちの後ろ姿を見送っている。

第三章　挟み撃ち

一

「行ってくるぜ」

孫六は流し場にいたおみよに声をかけ、腰高障子をあけて外に出た。

五ツ（午前八時）ごろだった。高くなった陽が、長屋を照らしている。長屋のあちこちから、赤子の泣き声、子供を叱る母親の声、笑い声などが聞こえてきた。男の声はあまり聞こえなかった。亭主たちの多くは、仕事に出ているのである。

孫六が戸口から離れたとき、下駄の音がし、孫六さん、という女の声が聞こえた。

声の方に目をやると、こちらに近付いてくるお菊の姿が見えた。手にちいさな丼のような物を持っている。

「お菊か、どうしたい」

孫六は、立ち止まってお菊を待った。

「煮染を持ってきたの」

お菊の色白の頬が、ほんのりと朱に染まっている。

見ると、小丼に、牛蒡とひじき、それに蒟蒻とで煮付けた煮染が入っていた。旨そうである。

「お菊が作ったのかい」

孫六がやさしい声で訊いた。

「昨日の夕餉に、おまきさんとお春ちゃんに食べてもらったの。孫六さんにも、食べてもらおうと思って余分に作ったの」

お菊が、恥ずかしそうに視線を揺らした。

「おれも、煮染は大好物だ。……いただくぜ」

孫六は煮染の入った小丼を手にして、目尻を下げた。柄にもなく、顔が赭黒く染まっている。

「爺ちゃんは、煮染が大好きだったの」

お菊の声が、かすかに震えた。

「そうか……」

どうやら、お菊は亡くなった島吉と孫六を重ね、島吉の代わりに孫六に食べてもらおうと思ったらしい。

それでも、孫六は悪い気はしなかった。お菊は、孫六を自分の肉親のように思っている、と感じられたからである。

「華町さまたちにも、食べてもらいたいけど、そんなにないから……」

お菊が小声で言った。

「そうだ。この煮染は、華町の旦那といっしょに食べよう。華町の旦那は独り者でな、ふだん、ろくな物を食ってないのだ。……この煮染を見たら喜ぶぞ」

孫六が目を細めて言った。

「華町さまにも、食べてもらって」

お菊が嬉しそうな顔をした。

「これから、華町の旦那のところへ行くのだ」

孫六はそう言って、お菊から離れた。孫六は源九郎とふたりで堀川町に行き、利根次の身辺を洗うことになっていたのだ。

源九郎は座敷にいた。めずらしく、茶を飲んでいる。朝餉の後、茶を淹れたらしい。

「孫六、なんだ、その丼は」

源九郎が、孫六の手にした小丼を目にして訊いた。

「煮染でさァ。旦那に持ってきたんで」

孫六が薄笑いを浮かべて言った。

「おみよが作ってくれたのか」

「おみよじゃァねえ。お菊なんで」

「お菊だと」

源九郎が聞き返した。

「へえ、あっしに食ってくれと、持ってきてくれたんでさァ」

孫六は、勝手に座敷に上がった。

「それなら、家で食べたらいいだろう」

「いつも世話になっている旦那にも、食べてもらおうと思いやしてね。持ってき
たんでさァ」

「そうか。……茶請けにいいな」

源九郎は、何かいわくがありそうだと思ったが、訊かなかった。

「あっしも、茶を一杯いただけやすか」

「おお、そうだ。……待て、すぐに淹れてやる」

源九郎は立ち上がり、鉄瓶の湯を急須に注いで、孫六にも茶を淹れてやった。

ふたりは、指先で煮染をつまみながら、茶を飲んだ。

「旨いな」

源九郎は、世辞ではなく味のいい煮染だと思った。

「まだ、男のことも知らねえうぶな娘なのに、煮染の味付けはおみよやお熊にも負けねえや」

孫六が感心したように言った。

「お熊に聞こえるぞ」

お熊は源九郎の斜向(はす)かいに住んでいた。すこし大きな声を出すと、腰高障子越しに聞こえるのだ。

「お熊は怖(こえ)えからな。……桑原、桑原」

孫六が首をすくめた。

ふたりは、それから小半刻(三十分)ほどして腰を上げた。長屋の路地木戸を出るとき、見張っている者がいないか辺りに目をやったが、それらしい人影はなかった。

「長屋の見張りは、やめたんじゃァねえかな」

孫六が路地を歩きながら言った。

「どうかな」

長屋の見張りをやめたのは、お菊を攫うのを諦めたのではなく、長屋の様子が知れたからではないか。そうなら、かえって危険である。すぐにも、長屋に踏み込んでくるかもしれない。

……早く一味の正体をつかんで、手を打つことだ。

と、源九郎は思った。

ふたりは、大川端沿いの通りに出て川下に足をむけた。すでに、陽は南天にあった。夏の強い陽射しが照り付けている。

二

源九郎と孫六は、堀川町の掘割沿いの通りに来ていた。半町ほど先に、利根次の住む借家がある。

「旦那、どうしやす」

孫六が訊いた。

「ともかく、家の近くまで行ってみよう」

源九郎と孫六はすこし間をとり、通行人を装って借家に足をむけた。迂闊に近付けなかった。利根次は、源九郎たちのことを知っているかもしれない。

ふたりが、三十間ほどに近付いたときだった。家の戸があいて、女が姿を見せた。年増だった。お政らしい。

すぐに、源九郎と孫六は小店の脇にあった路地に飛び込んで身を隠した。お政は源九郎たちのことを知らないはずだが、ここで顔を見られたくなかったのだ。

お政は、こちらに歩いてきた。源九郎たちには、気付かないようだ。

お政は源九郎たちのすぐ近くまで来た。ほっそりとした年増である。面長で、切れ長の目をしていた。

「旦那、どうしやす」

孫六が声をひそめて訊いた。

「放っておくしかない」

跡を尾けることもないし、ここで、お政を捕えることもできなかった。

お政は下駄の音をひびかせて、源九郎たちの前を通り過ぎた。

お政が遠ざかってから、源九郎たちは掘割沿いの通りにもどり、仕舞屋に足をむけた。源九郎は、この前と同じように戸口近くに身を寄せただけで、家の前を通り過ぎた。

……留守のようだ。

と、源九郎は思った。

家のなかから物音も話し声も聞こえず、人のいる気配もなかった。

源九郎と孫六は、半町ほど歩いて足をとめた。

「留守のようですぜ」

孫六が言った。

「そうらしいな」

「近所で、訊いてみやすか」

「そうだな」

以前、立ち寄って話を訊いた酒屋が目に入ったが、今日は別の店で訊いてみようと思った。

「酒屋の先に、米屋がありやすぜ」

「米屋で訊いてみるか」

源九郎と孫六は、米屋に足をむけた。

舂米屋だった。店のなかに唐臼があり、若い奉公人らしい男が杵の一端を踏んで臼をついていた。手前の座敷にあるじらしい男がいて、年配の町人と話していた。米を買いにきた客かもしれない。職人ふうの感じがした。

源九郎と孫六は戸口に立つと、

「店のあるじかい」

と、座敷にいる男に声をかけた。

「はい、何かご用でしょうか」

あるじが、源九郎たちに訝しそうな目をむけた。年配の男も、不安そうな顔をしている。

「ちょいと、訊きてえことがあるのよ」

孫六は懐に手をつっ込んで胸元から十手を覗かせた。むかし使った十手を持ってきたようだ。

「親分さんで」

あるじが驚いたような顔をした。

「そうよ。訊きてえことがあってな」

孫六が声をひそめて言った。

「何でしょう」

「この先に、利根次という男が住んでいるな」

「は、はい……」

あるじの顔がこわ張った。孫六が、何か事件のことで聞き込みにきたと思ったのだろう。年配の男も緊張した顔付きになった。

「留守のようだが、どこに行ったか知ってるかい」

「ぞ、存じません」

あるじが、声をつまらせて言った。

「今日は、利根次の姿を見掛けなかったのか」

「は、はい……」

あるじが答えたとき、年配の男が、

「あっしは、見やした」

と、口をはさんだ。

「見たか」

「へい、半刻（一時間）ほど前、三人で仙台堀の方へ歩いていきやした」

「三人だと」

孫六が聞き返した。

「利根次と、お侍がふたりいやした」

「侍がふたりいたのか」

孫六の脇から、源九郎が訊いた。

「へ、へい……」

「牢人か」

「ひとりは牢人に見えやしたが、もうひとりは、分かりません」

男は首をひねった。

「ふたりの身装を話してくれ」

源九郎は、身装から身分が分かるかもしれない、と思ったのである。

「ひとりは、刀を一本だけ差してました」

男によると、牢人体の男は総髪で、黒鞘の大刀を一本だけ落とし差しにしていたという。もうひとりは、小袖に袴姿で二刀を帯びていたそうだ。牢人か禄を喰んでいる武士か、分からなかったという。

「そうか。……他に、何か気付いたことはないか」

「擦れちがったとき、話し声が聞こえやした」

「何と言ったか、覚えているか」

「はい……。牢人が、相手は四人だな、と訊きやした。すると、もうひとりのお侍が、手のかかるのは、ひとりだけだ、と応えやした」

「相手は四人……」

そのとき、源九郎の脳裏に、菅井たちのことがよぎった。

今日は、菅井、茂次、平太、三太郎の四人で、駕籠（かご）を借りた安次郎の塒（ねぐら）をつきとめるために黒江町に行っていた。四人のなかで、武士は菅井ひとりである。

……三人は、菅井たちを襲うつもりだ！

と、源九郎は察知した。

「孫六、長屋に帰るぞ！」

すぐに、源九郎が言った。

「やつら、菅井の旦那たちを襲う気ですかい」

孫六が目を剝（む）いて言った。孫六も、菅井たちが狙われていることに気付いたようだ。

「そうだ」

源九郎と孫六は、きびすを返して走りだした。

ふたりの男は、驚いたような顔をして源九郎たちの後ろ姿を見送っている。

三

菅井たちは、大川端の道を川上にむかって歩いていた。

夕陽が日本橋の家並のむこうに沈みかけていた。大川の川面が夕陽に染まり、無数の波の起伏を刻みながら、永代橋の彼方の江戸湊までつづいている。川面に浮かぶ猪牙舟(ちょきぶね)や茶船が、夕陽のなかで黒い船影のように見えていた。

「菅井の旦那、安次郎をつかまえやすか」

歩きながら、茂次が言った。

菅井たち四人は黒江町を歩きまわって聞き込み、安次郎が桔梗屋(ききょうや)という小料理屋に寝泊まりしていることをつきとめたのだ。桔梗屋の女将(おかみ)の名はおれんで、安次郎の情婦(いろ)らしかった。

「華町たちと相談してからだ。……華町たちが、探っている利根次を先に捕(と)る手もあるからな」

菅井が言った。

「今夜、華町の旦那の家に集まりやすか」

「そうしよう。明日にも、安次郎か利根次を捕えたい。早い方がいいからな」

菅井たちは、そんな話をしながら、小名木川にかかる万年橋を渡った。いつの間にか、陽は日本橋の家並のむこうに沈み、大川の川面も黒ずんできた。岸際に植えられた柳の樹陰に、淡い夕闇が忍び寄っている。

新大橋のたもと近くまで来たとき、三太郎が背後を振り返り、

「後ろの男、上ノ橋を渡ったときからずっとついてきやすぜ」

と、小声で言った。

「手ぬぐいで頰っかむりした男か」

菅井が訊いた。半町ほど後ろを、手ぬぐいで頰っかむりした遊び人ふうの男が歩いてくる。

「そうでさァ」

「おれたちを尾けているのかもしれん」

菅井が、すこし足を速めてみるか、と言って、急ぎ足になった。

三太郎、茂次、平太の三人も足を速めた。

新大橋のたもとを過ぎてから、菅井が後ろを振り返った。

「ついてきたぞ」

菅井が言った。遊び人ふうの男は、同じ間隔を保ったまま後ろから歩いてくる。

「旦那、どうしやす」

平太が訊いた。

「後ろから来るのは、ひとりだ。おれたちは、四人だぞ。襲うはずはあるまい。おれたちの跡を尾けて、行き先をつきとめるつもりではないかな」

菅井は、後ろの男が襲うとは思えなかった。

菅井たちが御舟蔵の脇まで来たとき、暮れ六ツ（午後六時）の鐘の音が聞こえた。

そのとき、背後を振り返った三太郎が、

「ふたりになった！」

と、昂った声で言った。

菅井たち三人が、振り返った。遊び人ふうの男の脇を、大柄な武士が歩いている。小袖に袴姿で、二刀を帯びていた。

「あの武士は、通りかかっただけかもしれねえ」

茂次が言った。

「ちがうな」

菅井は、武士の身辺に殺気があるのを感じた。それに、遊び人ふうの男と歩調が合っている。

「お、おれたちを襲う気か」

三太郎が声を震わせて言った。

「うむ……」

だが、ふたりだ、と菅井は思った。菅井が武士を相手にし、茂次たち三人で遊び人ふうの男にかかれば、後れをとるようなことはないはずだ。

菅井たち四人は、足早に竪川にかかる一ツ目橋の方にむかった。橋を渡った先は相生町で、はぐれ長屋まですぐである。

菅井たちは、御舟蔵の脇を過ぎた。前方に一ツ目橋が見えてきた。暮れ六ツを過ぎたせいか、人影はほとんどなかった。ときおり、居残りで遅くまで仕事をした出職の職人や仕事帰りに一杯ひっかけたらしい大工などが通りかかるだけである。

「間をつめてきた！」

平太が声を上げた。

後ろのふたりは足を速め、菅井たちに迫ってきた。

「前からもくる！」

三太郎が、目を剝いて言った。

見ると、三人の男が、一ツ目橋を渡って足早にこちらにむかってくる。牢人らしい男がひとり、町人がふたりだった。町人のひとりは、腰切半纏に黒股引姿だった。鳶か、屋根葺き職人のような恰好である。もうひとりの町人は、巨体だった。手に金剛杖を持っている。

「挟み撃ちだ！」

茂次が叫んだ。

「端から、ここで仕掛ける気だったのだ」

前から来る三人は先に相生町に入り、橋のむこうで菅井たちが来るのを待っていたにちがいない。

「川岸に身を寄せろ！」

　菅井が三人に声をかけた。

　菅井、茂次、平太、三太郎の四人は、橋のたもと近くの川岸へ走った。これを見た背後のふたりも、走りだした。菅井たちを追ってくる。

　前から来る三人は、橋の前をかためた。菅井たちが橋を渡って逃げようとしている、とみたようだ。

　菅井は茂次たち三人が川岸近くまで来ると、

「かたまれ！」

　と、茂次たちに声をかけた。四人でかたまって、敵の攻撃を防ごうとしたのである。

　後方から来たふたりが走り寄り、橋を渡ってきた三人も、足早に近付いてきた。五人の男は菅井たちに近付くと、菅井たち四人をとりかこむように左右にひろがった。

　菅井の正面に立ったのは、前から来た牢人だった。総髪で、浅黒い顔をしていた。双眸が猛禽のようにひかっている。

　大柄な武士は、菅井の左手に立った。ただ、そこは茂次の正面だった。武士は茂次だけでなく、牢人と菅井の闘いの様子を見て、菅井にも切っ先をむけそうだ。町人三人は、平太と三太郎を取り囲むように立っている。

四

「うぬら、黒江町から尾けてきたのか」

菅井が牢人に訊いた。

まだ、牢人も武士も抜刀していなかった。菅井は左手で鍔元(つばもと)を握り、鯉口(こいぐち)を切っていた。

「さあな」

牢人が低い声で言い、刀の柄(つか)に右手を添えた。

武士も左手で鯉口を切り、右手で柄を握った。腰の据わった隙のない身構えである。

「人攫い一味だな」

菅井は柄に右手を添えて、居合腰に沈めた。居合の抜刀体勢をとったのである。

「居合か！」

言いざま、牢人が抜刀した。

構えは青眼だった。剣尖が、菅井の目線につけられている。その剣尖に、眼前に迫ってくるような威圧感があった。

ふたりの間合は、およそ三間半――。まだ、一足一刀の斬撃の間境の外である。

……できる！

と、菅井は察知した。

牢人の構えに、威圧を感じただけではなかった。牢人は鋭い殺気をはなっていた。その身辺から、真剣勝負の修羅場で多くのひとを斬ってきた者だけが持つ凄絶さがただよっている。

左手の武士も刀を抜き、八相に構えた。両肘を高くとった大きな構えだった。大柄な体とあいまって、覆いかぶさってくるような威圧感がある。

……太刀打ちできぬ！

と、菅井は察知した。

茂次たちでは、相手にならない。大柄な武士は、茂次を斬れば、菅井に切っ先をむけてくるにちがいない。そうなると、菅井も後れをとるだろう。居合は、脇や背後からの攻撃に弱いところがある。

「いくぞ！」

牢人が菅井との間合をせばめ始めた。足裏を摺るようにして、すこしずつ迫ってくる。

菅井は居合の抜刀体勢をとったまま動かなかった。気を静めて、居合の抜き付けの一刀をはなつ間合に牢人が踏み込むのを待っている。

ふたりの間合が狭まるにつれ、牢人の全身に気勢が満ち、斬撃の気配が高まってきた。

抜刀の間合まで、あと一間——。

あと、半間！

菅井は牢人との間合を読んでいた。

ジリジリと、牢人が斬撃の間合に近付いてくる。

……いまだ！

菅井が頭のどこかで感知した刹那、全身に抜刀の気がはしった。

イヤアッ！

鋭い気合と同時に、菅井の体が躍った。

シャッ、と刀身の鞘走る音がし、腰元から稲妻のような閃光がはしった。

一瞬、牢人は身を引いた。だが、間に合わなかった。菅井の居合の抜き付けの一刀は、牢人の体の反応より迅かったのだ。

ザクリ、と牢人の右袖が裂けた。

次の瞬間、牢人は背後に跳んだ。俊敏な動きである。

牢人のあらわになった右の二の腕から、血が迸り出ている。だが、それほどの深手ではない。咄嗟に牢人が身を引いたので、菅井の切っ先がわずかにとどかなかったのだ。

「やるな！」

牢人が驚愕に目を剝いた。

「浅かったか」

菅井は青眼に構え、切っ先を牢人にむけた。納刀して、居合の抜刀体勢をとる間はなかった。それに、左手にいた武士が、菅井に切っ先をむけたのだ。牢人が右腕を斬られたのを見て、助勢するつもりらしい。

……長くはもたぬ！

と菅井は思った。相手は遣い手がふたりである。しかも、菅井は抜刀していた。抜刀してしまうと、居合は遣えない。

　このとき、源九郎と孫六は、大川端の道を懸命に走っていた。そこは、新大橋のたもとだった。前方に、御舟蔵が聳(そび)えるように見えていた。

　ふたりの足はもつれ、ゼイゼイと喘(あえ)ぎ声が聞こえた。源九郎も孫六も、走るのは苦手である。それでも、必死になって走った。菅井たち四人があやうい。いまごろ、人攫い一味に取り囲まれているかもしれない。そう思うと、足だけは動いた。

　ふたりは御舟蔵の脇を過ぎた。前方に竪川にかかる一ツ目橋が見えてきた。

「だ、旦那、あそこ！」

　孫六が前方を指差した。

　大川の岸際に、いくつもの人影が見え、気合と怒号が聞こえた。淡い夕闇のなかに、刀身が銀色(しろがねいろ)にひかっている。

「す、菅井たちだ……」

　源九郎たちは走った。足がもつれ、心ノ臓が早鐘のように鳴っている。

　菅井たちは、ふたりの武士と三人の町人に取り囲まれていた。菅井の着物が裂けていた。三太郎の腕にも、血の色がある。

「ま、待て！　待て……」

源九郎が喘ぎながら声を上げた。

「華町の旦那だ！」

平太が、叫んだ。

その声で、菅井たちを取り囲んでいた五人が振り返った。

ふたりの武士の顔に逡巡(しゅんじゅん)するような表情が浮いたが、

「おれが、華町を斬る！」

言いざま、大柄な武士が反転した。

すると、牢人も青眼に構えなおし、剣尖を菅井にむけた。その場にとどまって闘うつもりらしい。

源九郎と孫六は、武士と四間ほどの間合をとって足をとめた。ゼイゼイと喘ぎ声を上げている。

源九郎が大きく間合をとったのは、乱れた息をととのえるためだった。

五

「ご老体、それで刀を遣えるのか」

武士の口許に薄笑いが浮いた。

眉が濃く、眼光がするどかった。剽悍そうな面構えである。

「遣えるぞ」

源九郎は、ゆっくりとした動きで刀を抜いた。

すぐに構えなかった。刀身を垂らしたままである。まだ、息が乱れていた。体も揺れている。

武士は八相に構えた。両肘を高くとり、切っ先で天空を突くように刀身を垂直に立てていた。大きな構えである。首が太く、胸が厚かった。どっしりと腰が据わっていた。武芸の修行で鍛え上げた体である。

武士の構えには、巨岩が迫ってくるような威圧感があった。

このとき、源九郎の脳裏に、長助の肩から背にかけてあった深い傷がよぎった。

……長助を斬ったのは、こやつかもしれぬ！

と、源九郎は思った。

長助を斬った下手人は剛剣の主で、八相から袈裟に斬り下ろしたとみられていた。この武士の八相からの斬撃は、剛剣にちがいない。

源九郎は、武士の八相からの斬撃を迂闊に受けられないと思った。剛剣に押され、体勢をくずされるかもしれない。

「いくぞ！」

武士が摺り足で間合をせばめてきた。

源九郎は青眼に構えた。源九郎の体が小刻みに揺れ、剣尖が震えている。痙攣が残っていた。荒い息は収まってきたが、激しく走ったために筋肉の痙攣が残っていた。

源九郎は動かなかった。すこしでも、時間を稼ぎたかった。ときとともに、走った後の筋肉の痙攣が収まってくる。

武士が一足一刀の間境に迫ろうとしたときだった。源九郎の脇にいた孫六が、足元に転がっていた小石をつかみ、

「これでも、食らえ！」

と叫びざま、武士に投げ付けた。

小石は武士の太股に当たった。一瞬、武士は驚愕に目を剝き、身を硬直させた。そして、慌てて身を引いた。咄嗟に、源九郎との間合をとったのである。

「たたっ斬るぞ！」

武士は威嚇するように叫んだ。

「斬れるなら、斬ってみやがれ！」

孫六は、さらに足元の小石を拾って投げ付けた。

これを見た源九郎は、摺り足で武士との間合をつめ始めた。武士の気も構えも乱れていた。いまなら斬れる、と源九郎は踏んだのである。

さらに、武士は後じさった。

孫六は武士と源九郎の間合があくと、今度は菅井と対峙していた牢人にむかって石を投げた。

石は牢人の背に当たった。牢人は慌てて身を引き、菅井との間合をとってから孫六に目をやった。驚いたような顔をしている。

孫六はさらに足元の石を拾って、牢人に投げようとしていた。

「引け！　引け！」

と、武士が声を上げた。このままでは、源九郎たちに返り討ちに遭うとみたのかもしれない。

武士は反転して走りだした。これを見た牢人と、三人の町人も武士の後を追って駆けだした。五人の男は、一ツ目橋を渡っていく。

源九郎たちは、逃げる男たちを追わなかった。その場に立って遠ざかっていく男たちの背に目をやっていたが、源九郎が傷を負った菅井の方に走った。

「斬られたのか」

源九郎が訊いた。

「なに、かすり傷だ」

菅井が顔をしかめて言った。

菅井の小袖が、肩から胸にかけて裂けていた。あらわになった胸が血に染まっている。出血は多かったが、それほど深い傷ではないらしい。

「長屋で、手当てしてやる」

源九郎も、命にかかわるような傷ではないとみた。

つづいて、三太郎の腕の傷も見た。こちらも、浅手だった。町人の匕首で斬られたらしいが、腕は自在に動くし、出血もすくなかった。

「やつら、人攫い一味だぞ」

菅井が言った。

「そのようだ。……長助を斬ったのは大柄な武士とみた」

源九郎は、五人のなかに利根次もいたような気がしたが、口にしなかった。三人の町人のなかには顔が見えなかった男もいたのだ。

「牢人も、遣い手だぞ」

　菅井が言った。

「容易ならぬ相手だ」

「五人もいるのかい」

　孫六が、口を挟んだ。

「他にもいるかもしれん」

　源九郎は、五人だけではないような気がした。

「迂闊に出歩けないな」

　菅井が、顔をけわしくした。

「ともかく、長屋に帰ろう」

　源九郎が男たちに声をかけた。

　辺りは夕闇につつまれ、上空には星がまたたいていた。通りに人影はなく、ひっそりとしていた。大川の流れの音だけが絶え間なく聞こえてくる。

六

　源九郎が井戸端で顔を洗って家にもどると、すぐに腰高障子のむこうで足音が聞こえた。三人らしい。戸口に近付いてくる。

　足音は戸口でとまり、

「華町の旦那、いやすか」

　と、孫六の声が聞こえた。

「いるぞ、入ってくれ」

　源九郎が声をかけると、すぐに腰高障子があいた。姿を見せたのは、孫六と平太、それに栄造だった。

「何かあったのか」

　源九郎が栄造に顔をむけて訊いた。

「旦那たちが、襲われたと聞きやしてね。寄ってみたんでさァ」

　栄造が言った。

「菅井と三太郎が手傷を負ったが、たいしたことはないようだ」

　菅井たちが人攫い一味と思われる五人に襲われたのは、一昨日である。念のため菅井と三太郎は家で休んでいる。

「上がってくれ」

　源九郎が声をかけると、三人は座敷に上がって腰を下ろした。

平太は栄造の脇に座り、畏まっていた。平太は栄造の下っ引きでもあった。ただ、栄造の指図で動くことは、滅多になかった。栄造は平太が源九郎たちといっしょに動くことが多いことを知っていて、平太の好きなようにさせていたのだ。

「他にも、お聞きしたいことがありやしてね」

そう言って、栄造が源九郎に目をむけた。

「なにかな」

「番場町の親分から耳にしやしたが、旦那たちは人攫い一味のひとりをつきとめたそうで」

栄造は、いまでも孫六のことを番場町の親分と呼んでいる。

「井戸端で顔を合わせたときに、利根次のことをちょいと話しやした」

そう言って、孫六が首をすくめた。

「かまわんよ。わしも、ちかいうちに栄造に会って、これまで探ったことを話すつもりでいたのだ」

利根次のことはともかく、人攫い一味を始末するには、町方が動いてくれなければどうにもならない、と源九郎はみていた。

「華町の旦那は、利根次をどうするつもりなんです」

栄造が訊いた。

「すぐにも、捕えるつもりだ。……早く手を打たないと、わしらが狙われるからな」

それに、いまのままでは、長屋で匿っているお菊も守りきれないだろう。

「捕えて、どうしやす」

「話を聞いた後、栄造に引き渡してもいいと思っている」

栄造に引き渡せば、村上が利根次を吟味し、人攫い一味のことを自白させるだろう。ただ、利根次が一味のことをどこまで知っているかは不明である。

「ありがてえ」

栄造が顔をなごませた。

「ところで、栄造たちも人攫い一味を探っているのではないか」

源九郎は、町方も何かつかんでいるはずだと思った。

「まだ、何もつかんじゃァいねえが、あっしは攫われた娘が、どこにいるか探ってみたんでさァ」

「何か知れたか」

源九郎たちが、もっとも知りたいのはお幸の居所である。

「まだ、娘たちの居所は分からねえが、深川の八幡さま界隈を歩きやして、気になる噂を耳にしやした」

栄造によると、攫われたのがいずれも十四、五の器量のいい娘だったので、女郎屋にでも売られたのではないかと見当をつけ、土地の遊び人、妓夫、女郎屋の若い衆などにあたって話を訊いたという。

「それで」

源九郎は話の先をうながした。

「女郎や羽織、それに売女を置いている料理屋や飲み屋などにも、それらしい女はいねえようでさァ。やつらが言うには、うぶで若く、その上評判の器量よしなら、すぐに噂がひろまるそうで」

羽織とは芸者のことである。

「そうだろうな」

攫われた娘は、いずれも評判の美人だった。

「ただ、表には出ねえ、店もあるようで」

栄造が低い声で言った。

「表に出ない店だと」

「へい、妓夫と女郎屋の若い衆のなかに、深川には金持ちだけを相手にして、町で評判になった素人娘を抱かせる店もあるらしい、と口にする者がいやした」

「その店は、どこにあるか知れたのか」

すぐに、源九郎が訊いた。

孫六と平太も栄造に目をむけ、次の言葉を待っている。

「あっしに話したやつらも、噂を耳にしただけで、店がどこにあり、だれがやっているのかも知らねえんでさァ」

「うむ……」

深川には、深川七場所と呼ばれる遊里で知れた地が七箇所もあった。時代によって、多少場所はちがったが、仲町、新地、三櫓、古石場、新石場、常磐町、佃新地の七場所である。

妓楼も、遊女を置く女郎屋と子供屋があり、さらに羽織と呼ばれた芸者たちもいた。子供屋は、呼出と呼ばれ、客に呼び出されて茶屋に行く上妓を抱えておく家のことである。呼出のことを子供と呼んでいたのだ。

また、深川の芸者が羽織と呼ばれたのは、深川の芸者だけが客の座敷に羽織を着て出たからである。

このように深川には遊郭が多く、参詣客や遊山客のなかに遊女を買いにくる男も多かった。評判の美女を揃え、金持ちだけを相手にする秘密の妓楼があっても不思議ではない。

「利根次をつかまえて吐かせれば、分かるかもしれねえ」

孫六が口をはさんだ。

「利根次なら、何か知っているはずだな」

源九郎も、利根次ならお幸の居所を知っているかもしれない、と思った。

「それで、いつ利根次を押さえやす」

孫六が勢い込んで訊いた。

「早い方がいい。明日は、どうだ」

源九郎が言うと、孫六と平太がうなずいた。

「旦那、あっしも連れてってくだせえ」

栄造が言った。

「栄造に来てもらえれば、ありがたい」

源九郎は捕えた利根次を訊問した後、栄造に引き取ってもらうつもりでいたので、いっしょに来てもらえば都合がよかった。

「それで、いつ踏み込みやす」

孫六が訊いた。

「夕方がいいな」

源九郎たちが利根次を捕えたことを、しばらく隠しておきたかった。そのためには、付近に人気のなくなったころがいい。

七

翌日の昼過ぎ、源九郎は菅井と茂次を連れて、はぐれ長屋を出た。これから、利根次を捕えるために堀川町に行くのである。

孫六と平太は、栄造とともに、一刻（二時間）ほど前に堀川町にむかっていた。先に行って、利根次の塒を見張っているはずだ。

菅井には声をかけなかったが、孫六から話を聞いた菅井は、「おれも行く」と言い出し、連れていくことになった。まだ、傷口はふさがっていなかったが、多少の出血を覚悟すれば、刀も遣えるようである。

曇天で、風があった。源九郎たち三人は、いつもより人影のすくない大川端の通りを南にむかった。風で大川の川面が波立ち、汀(みぎわ)に寄せる波音が足元から聞こえてきた。

「利根次は、いるかな」

菅井が、波音に負けないように声を大きくして言った。

「いるはずだ。知らせに来ないからな」

堀川町の塒に利根次がいなければ、平太が知らせに来ることになっていた。足の速い平太は、こうした連絡役には適任である。

「情婦(おんな)はどうしやす」

茂次が訊いた。

「利根次といっしょにいれば、捕えるしかないな。他の仲間に、わしらのことをしゃべると、まずいからな」

人攫い一味も、いずれ利根次が源九郎たちに捕えられたことを知るだろうが、すこしでも遅らせた方がいい。

そんな話をしながら、源九郎たちは大川端から仙台堀沿いの通りに入り、掘割沿いの道を経て堀川町に入った。

堀沿いの道をいっとき歩くと、通りの先に人影が見えた。

「平太だ！」

茂次が声を上げた。

平太が走ってくる。源九郎たちの姿を目にして知らせにきたらしい。

源九郎は平太が近付くのを待ち、

「どうだ、利根次はいるか」

と、すぐに訊いた。

「いやす。女もいっしょでさァ」

平太が昂った声で言った。

「孫六と栄造は？」

「親分たちは、やつの塒を見張ってまさァ」

「行ってみよう」

源九郎たちは、平太につづいて掘割沿いの道を歩いた。

すぐに、利根次の住む借家が見えてきた。通りには、ぽつぽつ人影があった。

仕事帰りの職人や風呂敷包みを背負った行商人などが、どんよりした空に急かされるように足早に通り過ぎていく。

「親分たちは、その欅の陰にいやす」

平太が指差した。

通り沿いに狭い空き地があった。空き地の隅に太い欅が枝葉を茂らせていた。その欅の幹の陰に人影がある。孫六と栄造らしい。

源九郎たちは、空き地に踏み込んで欅の陰にまわった。

「変わりないか」

源九郎が孫六に訊いた。

「変わりねえ。利根次とお政は、家にいやす」

孫六によると、小半刻（三十分）ほど前、家の脇まで行ってなかの様子を窺ったという。そのとき、家のなかから男女の話し声が聞こえたそうだ。

「裏手はどうなっている」

「背戸がありやす」

家の脇に、裏手に通じる小径があるという。

「念のために、菅井と茂次は裏手から入ってもらうか」

「承知した」

菅井が顔をひきしめて言った。

「まだ、早いかな」

源九郎は、暮れ六ツ（午後六時）の鐘が鳴ってから踏み込むつもりだった。

それからしばらくして、暮れ六ツの鐘が鳴った。空が厚い雲でおおわれているせいか、夕闇が辺りを染めていた。路地沿いの通りのあちこちから、表店(おもてだな)の板戸をしめる音が聞こえてきた。店仕舞いを始めたのである。

「いくぞ」

源九郎が男たちに声をかけた。

源九郎たち六人は、欅の陰から出て仕舞屋に足をむけた。戸口近くまで行くと、菅井と茂次が裏手にまわった。

表から入るのは、源九郎、孫六、栄造、平太の四人である。相手は利根次とお政だが、抵抗するのは利根次だけだろう。

「あけやすぜ」

孫六は板戸に手をかけ、音のしないようにそろそろとあけた。

家のなかは薄暗かった。土間の先に狭い板敷きの間があり、その奥が座敷になっている。

座敷に男と女が座っていた。男は利根次である。女はお政であろう。利根次の膝先に箱膳があった。夕めしを食っていたところらしい。

「てめえは！」

利根次が、源九郎たちを見て叫んだ。

「利根次、観念しろ！」

栄造が十手をむけた。

源九郎は抜刀し、すばやく刀身を峰に返した。利根次を斬らずに、峰打ちで仕留めるつもりだった。

栄造、源九郎、孫六の三人が座敷に上がった。平太は土間に残り、戸口をかためている。

「ちくしょう！」

利根次は立ち上がり、座敷の奥の神棚に手を伸ばして匕首をつかんだ。そして、腰を沈め、匕首を前に突き出すように構えた。

お政は喉のつまったような悲鳴を上げ、四つん這いになって右手に逃れた。右手に短い廊下があり、奥につづいていた。廊下の突き当たりに、台所があるらしい。

源九郎は刀を低い八相に構え、利根次の前に踏み込んだ。

「死ね！」

叫びざま、利根次が匕首を前に構えたまま飛び込んできた。体ごとぶち当たるような勢いである。

咄嗟に、源九郎は右手に跳びざま刀身を横に払った。

刀身が利根次の腹に食い込んだ。

グウッ、という唸(うな)り声を上げ、利根次の上半身が折れたように前にかしいだ。

源九郎の峰打ちが腹を強打したのだ。

利根次は、匕首を取り落として前によろめいた。そこへ、栄造が飛びかかり、利根次の足に自分の足をからめて押し倒した。

「縄をかけてくれ!」

栄造が、利根次の両肩を押さえて叫んだ。

「まかせろ」

孫六が、すばやく利根次の後ろにまわり、早縄をかけた。老いてはいたが番場町の親分と呼ばれた岡っ引きだっただけあって、縄をかけるのは巧みである。


お政は座敷から廊下に出ると、裏手の台所へ逃げた。後を追ってくる者はいなかった。お政は薄暗い台所へ出ると、よろめくような足取りで流し場の脇を通って背戸の前まで来た。裏手から逃げようとしたのである。

そのとき、ガラリ、と背戸があいた。姿を見せたのは、菅井と茂次だった。

「お政か」

菅井が土間に踏み込んで抜刀した。逃げようとしたら、峰打ちで仕留めるつもりだった。刀身が、薄闇のなかでにぶくひかっている。

お政は菅井の刀を目にすると、
ヒイイッ！

と、喉を裂くような悲鳴を上げ、その場にへたり込んだ。

茂次は、すばやくお政の背後にまわり、両手を後ろにとって細引で縛った。お政はまったく抵抗せず、茂次のなすがままになっている。

「呆気(あっけ)ないな」

菅井が苦笑いを浮かべて言った。

八

その夜、はぐれ長屋の源九郎の家に、捕えた利根次とお政を連れ込んだ。

座敷に顔をそろえたのは、源九郎、菅井、孫六、茂次、栄造の五人だった。若い平太は家に帰した。利根次が口を割らなかったら手荒なこともしなければならないが、平太には見せたくなかったのだ。

「お政から訊くか」

源九郎が、男たちに目をやって言った。お政は隠し立てしないで話すとみたのである。

「そうしやしょう」

栄造が言った。

「利根次はどうする」

「土間の隅にでも転がしておけばいい」

菅井が、「茂次、手を貸してくれ」と声をかけ、茂次とふたりで、利根次に猿轡をかませた。そして、利根次を土間の隅に連れていき、竈の脇に引きずり込んだ。

座敷のなかほどに座らされたお政は、恐怖で顔をひき攣らせ、歯の根が合わぬほど身を顫わせていた。

「お政、隠し立てしなければ、恐れることはないぞ。おまえは、悪いことをしたわけではないからな」

源九郎が穏やかな声で言った。

「……」

お政が、源九郎に顔をむけた。いくぶん、恐怖の色が薄らいでいる。

「では、訊くぞ。利根次とは、いつからいっしょに住むようになった」

「さ、三年ほど前から……」

お政が小声で答えた。

「そうか。……ところで、三日前に堀川町の家に、武士がふたり来たな。ひとりは牢人で、もうひとりは大柄な武士だ」

お政の顔に戸惑うような表情が浮いたが、すぐにちいさくうなずいた。隠す気はないようだ。

「ふたりの名を聞いたか」

「戸張（とばり）さまと、谷田部（やたべ）さまです」

お政によると。牢人が戸張笹十郎（ささじゅうろう）で、大柄な武士が谷田部万蔵（まんぞう）だという。

「ふたりの家は、どこにあるか知っているか」

「し、知りません」

「そうか」

源九郎は、お政が嘘をついているとは思わなかった。

「お政、安次郎という男が、堀川町の家に来たことがあるな」

菅井が、お政を睨むように見すえて訊いた。行灯の灯に横から照らされた菅井の顔は、般若のように不気味だった。

「は、はい……」

お政が、声を震わせて答えた。

「安次郎は、桔梗屋を塒にしているのか」

菅井が桔梗屋の名を出して訊いた。

「き、桔梗屋に、いることが多いと聞きました。塒かどうか……」

お政は首を横に振った。分からないということらしい。

それから、源九郎と孫六とで、利根次の他の仲間のことも訊いたが、お政は首を横に振るばかりだった。

「次は、利根次だな」

源九郎が言った。

お政にかわって、利根次が座敷に引き出された。茂次と孫六が、お政を利根次がいた土間の竈の脇に連れていった。

「利根次、わしらを狙ったのは、どういうわけだ」

源九郎は、白を切れないことから訊いた。

「……頼まれたのだ」

利根次が顔をしかめて言った。峰打ちを食らった腹部がまだ痛むようだ。肋骨でも折れているのかもしれない。

「誰に頼まれた」

「知らねえ」

利根次が、顔をしかめて言った。

「頼まれた相手を、知らぬはずはあるまい」

源九郎が語気を強くした。

「知らねえものは、知らねえ」

利根次が、うそぶくように言った。

「しゃべらなければ、痛い目をみることになるぞ」

「……」

利根次は、横をむいた。

これを見た菅井が、

「話さないなら、斬ってしまうか。なに、おれたちは安次郎をつかんでるんだ。

こいつを始末しても聞き出せる」

そう言って、利根次の前に立った。

菅井は般若のような顔に、薄笑いを浮かべていた。よけい、不気味である。

「……！」

利根次の顔がこわ張り、体が顫えだした。この場で、菅井に斬られると思ったらしい。

「いくぜ」

菅井は刀の柄（つか）に右手を添え、居合腰に沈めて抜刀体勢をとった。顔がひきしまり、双眸が猛禽のようにひかっている。

「よ、よせ……」

利根次は恐怖で顔をひき攣らせ、座ったまま身を引いた。

刹那、シャッ、という刀身の鞘走る音がし、閃光が横一文字にはしった。

恐怖でひき攣った利根次の顔の額に、血の線が横に浮き、ふつふつと血が噴いた。

「すこし、手元が狂ったな。首を狙ったのだが……。やりなおすか」

菅井が薄笑いを浮かべて言った。

利根次の額の傷から流れ出た血が、恐怖でひき攣った顔を赤い簾のように染めていく。

「よ、よせ！」

利根次が悲鳴のような声で叫んだ。

すると、源九郎が、

「この男は、本当に首を刎ねるぞ」

と、低い声で言った。

菅井はすこし利根次に近付いて納刀すると、ふたたび居合の抜刀体勢をとった。

ヒッ、と喉のつまったような悲鳴を上げ、利根次は身を引いて逃げようとした。

「利根次、話せ！　首を斬られるぞ」

源九郎が畳み掛けるように言った。

「話す！　話す……」

利根次が声を上げた。

「初めから話せば、痛い思いをしないで済んだのに」

菅井は刀の柄から手を放した。

「利根次、もう一度訊くぞ。だれに頼まれて、わしらを狙った」

源九郎があらためて切り出した。

「や、谷田部の旦那で……」

「谷田部がおまえたちの頭なのか」

「頭じゃァねえが、谷田部の旦那が、あっしらに指図してるんでさァ」

どうやら、頭は別にいるらしい、谷田部は利根次たちのまとめ役のようだ。

「おまえの他に、町人がふたりいたな。鳶のような恰好をした男がいたが、なんという名だ」

源九郎が訊いた。

「宗造で」

「宗造の塒は」

「塒は知らねえが、橘屋ってえ材木問屋で川並をやってやす」

橘屋は、深川入船町にあるという。

「金剛杖を持っていた相撲取りのような男は」

「源八は、好月楼の若い衆でさァ。いまは、あまり店にいねえ。情婦でもかこっているのかもしれねえ」

好月楼は、女郎屋だという。

「好月楼な」

源九郎は、お幸たちは好月楼にいるのではないかと思ったが、女郎屋ならすぐに知れるはずだと思った。

それから、源九郎が谷田部と戸張の住処を訊いた。

利根次は、戸張の住処を知っていた。黒江町の左兵衛店だという。谷田部の住処は知らなかった。深川にあるらしいが、行ったことはないそうだ。

「ところで、おまえたちが攫った娘たちは、どこにいるのだ」

源九郎が、声をあらためて訊いた。

「し、知らねえ」

「知らないだと、おまえが知らないはずはない」

源九郎が強い声で言った。

「嘘じゃァねえ。あっしは、娘たちを攫ったりしねえ」

利根次によると、娘を攫ったのは、宗造、安次郎、谷田部、戸張の四人で、そのときに応じて、三人で行くこともあったという。

また、娘を攫うときは、駕籠を使うこともあり、そのときはお幸を攫ったときと同じように辻駕籠屋で駕籠を借りるという。駕籠を担ぐ者はそのときによって違うそうだ。

そのとき、黙って源九郎の訊問を聞いていた栄造が、

「利根次、おめえたちの頭はだれだい」

と、利根次を見すえて訊いた。

「知らねえ。あっしは、親分に会ったことがねえんで」

「おい、会ったことはなくても、谷田部たちと話してりゃア、名前ぐれえ出るだろう」

「谷田部の旦那たちは、恵比須(えびす)の親分と呼んでやした」

「恵比須だと」

栄造が聞き返した。

「へい、恵比須さまのような顔をしているそうで」

「その恵比須の塒は」

さらに、栄造が訊いた。

「門前(もんぜん)通りと聞きやしたが、どの町か分からねえ」

利根次がむきになって言った。

富ケ岡八幡宮の門前通りは、繁華街が長くつづくので、探るのはむずかしいかもしれない。

それから、源九郎たちは、はぐれ長屋にいるお菊をどうするつもりか訊いたが、利根次は、聞いてねえ、と答えただけだった。

源九郎たちの訊問がひととおり終わると、

「二、三日のうちに、利根次はひきとりやす」

栄造が源九郎たちに言った。

第四章　兄、帰る

一

「旦那、今日は、どこに行きやす」

孫六が訊いた。

源九郎は朝餉を食い終え、茶のかわりに流し場で水を飲んでいた。そこへ、孫六が顔を出したのである。

「黒江町へ行ってみるか」

「戸張の塒を探しに行くんですかい」

「そうだ」

利根次を訊問し、戸張の住処が深川黒江町の左兵衛店であることが知れたが、まだ左兵衛店がどこにあるかもつかんでいなかった。源九郎は戸張の居所が知れたら、早く討ち取りたいと思っていた。人攫い一味が、次にどんな手を打ってくるか分からなかったが、戸張を討っておけば、一味の戦力はかなり落ちるはずである。

「行きやしょう」

孫六は、すぐにその気になった。

「朝めしは、食ったのか」

「旦那、いま何時だと思ってるんです。もう、五ツ（午前八時）ごろですぜ。朝めしなんぞ、一刻（二時間）も前に食ってますァ」

孫六が呆れたような顔をして言った。

「おれも、食い終えたぞ」

源九郎は座敷に上がり、大小を手にして土間に下りた。

「さァ、いくか」

源九郎は、大小を帯びて戸口から出た。深川に探索に行くときは、大小を帯びるようにしていた。いつ人攫い一味に襲われるか、分からなかったからである。

源九郎と孫六は、路地木戸を出る前に路地の左右に目をやった。長屋を見張っている者がいないか、確かめることにしていたのである。

「だ、旦那、胡乱なのがいやす」

孫六が指差した。

見ると、八百屋の店先に立って、長屋の路地木戸の方に目をやっている男がいる。

「長屋を見張っているのかな。……旅人のように見えるが」

若い男だった。男は振り分け荷物を肩にかけていた。菅笠を手にし、手甲脚半に草鞋履きである。

「こっちに来やす！」

孫六が声を上げた。

男は辺りの様子を窺いながら、路地木戸に近付いてくる。男には、警戒している様子はなかった。

「人攫い一味ではないな」

源九郎は、路地木戸から出て男に近付いた。孫六も源九郎についてきた。

まだ、二十歳前と思われる若い男である。遠方から旅をしてきたのか、顔が陽に灼けて赭黒かった。

「ちょいと、お尋ねしやす」

男が源九郎に声をかけた。源九郎と孫六のことは、まったく知らないようだ。

「何かな」

「ここが、伝兵衛店でしょうか」

「そうだが」

「お菊という娘が、ここにいると聞いてきやしたが……」

そう言って、男が源九郎と孫六に目をむけた。

「お、おめえは……！」

孫六が目を剝いて、息を呑んだ。

「お菊の兄の与之吉という者です」

「やっぱり、与之吉か！」

孫六が声を上げた。

「……！」

そういえば、顔立ちがお菊と似ている、と源九郎は思った。

「お菊から、上方にいると聞いているが」

源九郎が言った。与之吉は、十二歳のときに江戸を出て上方の料理屋に修業にいったと聞いていた。

「へい、十八になりやしたんで、帰(けえ)ってきやした」

「そうか」

お菊が、兄は十八になったら江戸へ帰ってくると言って江戸を発った、と話していた。

「お菊は、この長屋にいやすか」

与之吉が不安そうな顔をして訊いた。

「いる、いるぞ！　早く、お菊に会ってやってくれ」

孫六が、涙声で言った。

「こっちだ」

源九郎が先に立った。

孫六は与之吉に張り付くように身を寄せて歩きながら、

「おめえ、ここがよく分かったな」

と、訊いた。

「江戸を発つ前(めえ)に住んでいた黒江町の長屋に立ち寄りやして、お菊がこの長屋にいるらしいことを耳にしやした」

与之吉が長屋の住人に聞いた話によると、祖父の島吉は、長屋の者に伝兵衛店に行くと言って、お菊を連れて出たという。

「そ、その島吉が、死んじまったのよ」

孫六が、声をつまらせて言った。

「その話も、長屋の者に聞きやした。それに、おとっつァんとおっかさんが死んだことも……」

与之吉が眉を寄せ、目を瞬かせた。悲しみが胸に衝き上げてきたらしい。

そんなやりとりをしながら、源九郎、孫六、与之吉の三人は、おまきの家の前まできた。

孫六が、ここだよ、と小声で与之吉に言い、

「お菊、孫六だ」

と、腰高障子の前で声をかけた。

「孫六さん、入って」

お菊の声が、土間の脇でした。流し場にいるようだ。

「ごめんよ」

孫六が腰高障子をあけ、土間に入った。

与之吉と源九郎がつづいた。

お菊は流し場にいた。こちらに体をむけ、片襷（かただすき）を外そうとしている。洗い物でもしていたらしく、手が濡れていた。

お菊が目を剝き、息を吞んで与之吉を見つめた。濡れた手が、片襷を握ったままとまっている。

「お菊！」

与之吉が声をかけ、お菊に歩み寄った。

「に、兄さん、会いたかった！」

お菊は与之吉と顔を見合わせると、ふいに顔を与之吉の胸に押しつけた。そして、しゃくり上げ始めた。

「お、お菊……。これからは、おれがいっしょだぞ」

与之吉がお菊の肩に手をまわし、抱くようにして言った。

お菊は子供のように、オンオンと声を上げて泣いた。その泣き声は体のなかに溜まっていたものが、堰（せき）を切って流れ出したように激しかった。

そのとき、座敷で折り紙を折って遊んでいたお春が、すすり上げ始めた。お菊の泣き声を聞いて、悲しくなったのかもしれない。

源九郎と孫六は、土間に立ったままお菊の泣き声を聞いていた。

二

その日、源九郎と孫六は、黒江町にはいかず、大家の伝兵衛に会いにいった。伝兵衛は老妻のお徳とふたりで、長屋近くの借家に住んでいた。源九郎は、長屋のあいている部屋に、お菊と与之吉が住めるよう、伝兵衛に頼むつもりだった。

伝兵衛は源九郎から事情を聞くと、

「勝吉さんの部屋があいてますよ。そこは、どうですかね」

と、すぐに言った。

「いいな」

勝吉は、大工の手間賃稼ぎをしていたが、三月ほど前に女房と子供を連れて、長屋を出ていった。勝吉の兄が品川で大工をしていて、手が足りないのでしばらく手伝ってくれ、と言われ、品川に越していったのである。

その日、おまきに事情を話してから、お菊は与之吉とともに勝吉のいた部屋に引っ越した。引っ越すといっても、お菊と与之吉は、身のまわりの物しか持っていないので、部屋の掃除をしただけである。

座敷に腰を落ち着けた与之吉は、父親が生きていたころの伝を頼って、包丁人として働ける店を探すと、源九郎たちに話した。

すると、与之吉の脇に座っていたお菊も、

「わたしも、働きに出ます」

と、言い出した。お菊は、近所のそば屋か料理屋のような店の手伝いに出たいという。

「しばらく待て、この件のけりがついてからだ」

源九郎がとめた。いま、お菊が働きに出るのは危険だった。人攫い一味にとっては、好都合である。

「お菊、島吉を殺したやつらが、まだ、そこいらをうろうろしてるんだ。もうすこし、長屋に隠れていねえとな」

孫六が諭すように言った。

「はい……」

お菊が、急に不安そうな顔をした。お菊の胸に、島吉が殺されたときのことが蘇ったのだろう。

その夜、源九郎の家に孫六、菅井、茂次の三人が顔を見せた。菅井と茂次は、宗造と源八の居所をつきとめるために深川に行っていて、長屋に帰ったばかりだった。平太と三太郎も菅井たちといっしょに深川に行っていたが、そのまま家に帰ったようだ。

菅井は座敷に腰を落ち着けると、

「与之吉が上方から帰ってきたそうだな」

と、口にした。長屋の住人から聞いたらしい。

「いま、兄妹は勝吉がいた家にいる。とりあえず、これまでの経緯を話しておいた。しばらく、ふたりは長屋で暮らすことになるな」

源九郎が言った。

「お菊も、安心したろう。……ひとりきりだったからな」

「だがな、まだ、始末はついていないぞ。それどころか、これからがあぶない。人攫い一味は、お菊を諦めていないようだし、わしらの命も狙ってくるぞ」

そう言って、源九郎が顔をひきしめた。

「華町のいうとおりだ」

菅井が低い声で言った。

「それで、何か知れたか」

「宗造の塒が知れやしたぜ」

茂次が言った。茂次と平太とで、宗造の塒を探ったという。

「知れたか」

「へい、やつは橘屋の川並をやってやしてね。塒は、入船町の長屋でさァ」

「長屋も分かったのか」

「へい、芝蔵店で」

茂次によると、宗造は女房とふたりで暮らしているという。

「源八の居所も分かったぞ」

菅井が口をはさんだ。

源八は好月楼の若い衆で、塒は山本町の借家だという。借家には妾らしい女といっしょに住んでいるそうだ。また、好月楼は黒江町にあり、通りでも目につく大きな女郎屋とのことだった。

深川山本町と黒江町は富ケ岡八幡宮の門前通りに位置していて、料理屋、料理茶屋、女郎屋などが多かった。賑やかな町である。

「だいぶ、一味の様子が知れてきたな」

源九郎が言った。

「華町、ふたりをつかまえて、利根次のように口を割らせるか」

菅井の双眸が、行灯の灯を映じて熾火のようにひかっている。

「捕えるなら、宗造が先だな。利根次の話では、宗造はお幸たちを攫ったときの一味にくわわっていたらしい。宗造なら、お幸たちの居所を知っているはずだ」

「よし、明日にも、宗造を捕えよう」

菅井が声を大きくした。

「わしも、行くぞ」

源九郎が言うと、

「あっしも、行きやしょう」

と、孫六が言い添えた。

「それで、いつ踏み込む」

菅井が訊いた。

「利根次のときのように暮れ六ツ（午後六時）の鐘が鳴ってからだな」

「承知した」

「あっしが、三太郎と平太に知らせておきやしょう」

そう言って、茂次が腰を上げた。

源九郎は、菅井が腰を上げようとしないのを見て、

「さて、今夜は寝るか」

と言って、両手を突き上げて伸びをした。

菅井が、将棋の話を持ち出す前に、将棋を指す気はないと知らせたのである。

「仕方ない、おれも寝るか」

菅井が渋い顔をして立ち上がった。

三

戸口に近付く足音がし、腰高障子のむこうで、

「華町の旦那、いやすか」

と、孫六の声がした。

「いるぞ、入ってくれ」

源九郎は脇に置いてあった大小を手にして立ち上がった。

腰高障子があいて、孫六と平太が姿を見せた。これから、三人は宗造を捕えるために、入船町へ行くところだった。菅井、茂次、三太郎は、一足先に長屋を出

ていた。宗造の塒の長屋を見張るためである。

八ツ（午後二時）ごろだった。空は雲で覆われていた。薄雲で、雨が降ってくるようなことはなさそうだが、風もなく鬱陶しい日だった。

「さて、わしらも行くか」

源九郎たち三人は戸口から離れて、路地木戸の方へ足をむけた。

井戸端のところまで来たとき、お熊とおせつが話していた。おせつは、ぼてふりの女房で、子供はいなかった。まだ、十八、九である。

ふたりは源九郎たちを目にすると、すぐに近寄ってきた。ふたりの顔が、こわばっている。何かあったらしい。

「だ、旦那、どこへ行くんだい」

お熊が不安そうな顔をして訊いた。

「深川までな。……お熊、何かあったのか」

「何かあったわけじゃァないんだけど、気になってね。おせつさん、あんたから話しておくれよ」

お熊が、おせつに顔をむけて言った。

「ちょっと前にね、風呂敷包みを背負った男に、近くの路地で呼び止められたんだよ」

　おせつによると、その男は菅笠をかぶり、風呂敷包みを背負っていたので物売りに見えたという。

「それで、どうした」

　源九郎が話の先をうながすように訊いた。

「その男、あたしにしつこく訊いたんだよ」

「何を訊かれた」

「お菊さんのこと。……その男、お菊さんの知り合いだと言ってね。いまも、お菊さんが長屋にいるか、訊いたんだよ。それで、あたし、お菊さんの兄さんが上方から帰ってきて、いっしょに暮らすようになったことを話したんだけど、気になってね」

「うむ……」

　人攫い一味だ！　と源九郎は察知した。長屋を探りにきたのであろう。

「それだけか」

　源九郎が訊いた。

「長屋にはお侍が住んでいるらしいが、何人もいるのかって訊かれてね。長屋にいるのは、旦那と菅井の旦那だけだと話したんだけど、まずかったかしら」

おせつが、戸惑うような顔をした。

長屋の住人の多くは人がよく、他人を疑ってかかるようなことはなかった。おせつは端(はな)から、その男の言うことを信じたようである。

「他にも、何か訊かれたか」

「その男、旦那たちに見てもらいたい物を持ってると言ってね。いま、旦那たちは長屋にいるか訊いたんですよ」

「長屋にいる、と答えたのか」

「いるのは、華町の旦那だけだって言ったんです。あたし、菅井の旦那たちが長屋から出るのを見たから」

「それでどうした」

「その男、ふたりいるときに来ると言って、竪川の方へ行きました」

「……！」

まずい、と源九郎は思った。人攫い一味は、長屋にお菊がいることと、いま長屋にいる武士は源九郎だけだと知ったはずだ。すぐにも、人攫い一味が長屋に踏み込んでくるかもしれない。

「だ、旦那、どうしやす」

孫六が顔をこわばらせて訊いた。孫六も、状況を察知したようだ。

「入船町へ行くのは、後だ」

源九郎が言った。

お熊とおせつは、源九郎たちの顔色が変わったのを見て、

「だ、旦那、どうしたんだい」

お熊が、声をつまらせて訊いた。

「おせつ、その男と会ったのは、いつごろだ」

「もう、一刻（二時間）は経つよ」

おせつによると、一刻ほど前、路地で男と顔を合わせて話を訊かれた後、長屋に帰ったという。その後、気になってお熊に話そうと思い、お熊の家に行ったがいなかったので、井戸に来てみたそうだ。

「井戸端にお熊さんがいて、話しているところに旦那たちが来たんですよ」

おせつが、言った。

……こうしている間にも、踏み込んでくるかもしれぬ。

と、源九郎は思った。

「旦那、あっしがひとっ走りして、菅井の旦那たちを呼んできやしょうか」

平太がうわずった声で言った。

「間に合わん」

人攫い一味は、日中、長屋の男たちが、働きに出ていてすくないことを知っているはずだ。それに、お菊が長屋のどこかに身を隠すと、暗くなってからでは探せなくなる。そうしたことを考えれば、人攫い一味が踏み込んでくるのは日中、しかも男たちが長屋に帰る前とみていい。

「だ、旦那、何が起こるんだい」

お熊が、困惑に顔をゆがめて訊いた。

「お菊を攫いに来るかもしれん」

「そ、そんなことさせないよ。長屋のみんなで、追い払ってやる」

「そうだよ。追い払ってやる」

お熊とおせつが言ったが、ふたりの声は震えていた。

「お熊、おせつ、長屋をまわってな、何があっても家から出るなと、触れ回れ！」

源九郎が言った。

「旦那、あたしら……」

お熊の樽のような体が顫えだした。

「お熊、おせつ、すぐに長屋をまわって、触れ回れ！」

源九郎が、強い口調で繰り返した。

「わ、分かった」

お熊とおせつが、駆けだした。ガッ、ガッ、とふたりの下駄の音が、辺りにひびいた。鐘でも乱打しているような音に聞こえた。

四

お熊とおせつの姿が、井戸端から遠ざかったときだった。

路地木戸に走り寄る足音が聞こえた。

「来やがった！」

孫六が叫んだ。

見ると、路地木戸から男たちが踏み込んできた。六人いる。武士がふたり、谷田部と戸張である。他の四人は町人だった。宗造と源八の姿があった。他のふたりは、初めてみる顔である。

……太刀打ちできない！

と、察知した源九郎は、

「お菊のところへ行くぞ!」

と言って、反転した。

源九郎、孫六、平太の三人は、長屋の溝板を踏んで走った。背後で、谷田部たちの足音が聞こえた。

先に着いた平太が、お菊と与之吉の住む家の腰高障子をあけはなった。平太、源九郎、孫六の順に、土間に飛び込んだ。

お菊は流し場で洗い物をしていた。与之吉は座敷で、包丁を手にして刃の辺りを見ていた。料理に使う包丁らしい。上方で使っていた物を持ってきたのであろう。

お菊と与之吉は驚いたような顔をして、突然入ってきた源九郎たちを見つめた。

「て、大変だ!」

孫六が声を上げた。

「人攫い一味が、押し込んできやす!」

平太が叫んだ。

お菊と与之吉は凍りついたように身を硬くし、息を呑んだ。

「ふたりは、身を隠せ！　稲荷の後ろがいい」

源九郎が叫んだ。

長屋の隅にちいさな稲荷があった。その後ろに、ふたりだけなら身を隠すことができるかもしれない。

与之吉はすぐに立ち上がったが、お菊は立てなかった。蒼ざめた顔で、身を顫わせている。

「お菊、早く！」

源九郎が声をかけた。

足音が聞こえた。こちらに、何人かが走ってくる。谷田部たちが住人からお菊の居場所を聞き付けて駆け付けたようだ。

「早く！」

孫六が叫んだ。必死の形相である。

お菊が立ち上がった。体が震えて、うまく歩けない。与之吉がお菊の手を取り、土間まで連れてきた。

複数の足音が、戸口に迫ってきた。

源九郎は腰高障子をあけて外に出た。つづいて、平太、与之吉、お菊、孫六が飛び出した。

「あそこだ！」

「いたぞ！」

谷田部たちが声を上げ、ばらばらと駆け寄ってきた。

……隠れる間はない！

源九郎は抜刀し、駆け寄ってくる谷田部たちに足をむけた。何とか、谷田部たちの足をとめ、お菊たちを逃がそうとしたのである。

「やろう！　お菊に、手は出させねえ」

孫六が目をつり上げ、懐から十手を取り出した。何とか、お菊を守ろうと必死になっている。

平太と与之吉が、お菊の前に立った。逃げる間はない。お菊は、戸口の前で身を顫わせている。

谷田部が、源九郎の前に立ちふさがった。左手に戸張がまわり込み、宗造たち四人が孫六や平太たちの前に立った。

「ご老体、また会ったな」

谷田部は、口許に薄笑いを浮かべて刀を抜いた。

すると、左手に立った戸張も抜刀した。ふたりで、源九郎にむかってくるようだ。

谷田部は八相に構えた。牢人は青眼である。

……勝てぬ！

と、源九郎は察知した。

ふたりとも遣い手だった。ひとりでも手強いが、ふたりとなるとまともに闘ったら勝負にならない。

源九郎は抜刀すると、すこし後じさって谷田部との間合をとった。動いて逃げまわりながら一瞬の隙をついて、先にひとりを斃すしか勝機はないだろう。

すかさず、谷田部が間合をつめてきた。

そのとき、ギャッ！　という孫六の悲鳴が聞こえた。宗造たちのだれかに、匕首で斬られたらしい。孫六の左袖が裂け、二の腕が血に染まっている。孫六はよろめきながら後じさった。

「孫六さん！」

お菊が悲鳴のような声で叫んだ。

そこへ、源八とふたりの男がお菊の前に踏み込み、お菊を守ろうとして前に立ちふさがった与之吉を、源八が蹴飛ばした。源八は巨体で、強力だった。与之吉は後ろによろめき、腰高障子に突き当たった。

平太は宗造に匕首をむけられ、十手を手にしたまま後じさった。顔が恐怖でひき攣っている。

「お菊、こっちへ来い！」

源八が、お菊の手をつかんで引っ張った。

お菊はよろめきながら前に出た。すると、別のひとりがお菊の後ろにまわり、背中を押して戸口から引き離した。

「お菊！」

与之吉が叫んだ。

「お菊に、手を出すんじゃァねえ！」

孫六が、叫んだ。顔が憤怒に赭黒く染まっている。

源八は巨体を揺らして、お菊を谷田部たちの後ろまで連れていった。ふたりの男が、お菊の後ろについている。お菊は身をよじって逃れようとしたが、どうにもならない。

「旦那、お菊をつかまえやした」

源八が谷田部に言った。

すると、谷田部は後じさって源九郎との間をとり、

「華町、この娘は連れていく。いいか、おれたちに手を出すなよ。手を出せば、この娘の命はないぞ」

谷田部が恫喝するように言った。

「……！」

人質か！　と、源九郎は思った。

谷田部たちの狙いは、源九郎たちの動きを封じるために、お菊を人質にとることにあったようだ。むろん、それだけではない。お幸や他の娘と同じように、お菊を金儲けのために使うつもりだろう。

「引き上げろ！」

谷田部が男たちに声をかけた。

すると、源八が片手でお菊を脇に抱え、宗造と別のふたりが、お菊のまわりを取り囲むようにして路地木戸の方へ走った。

谷田部と戸張は、切っ先を源九郎たちにむけたまま後じさった。源九郎たちの

足をとめたのである。

「華町、お菊の命が惜しかったら、動くなよ」

そう言い置き、谷田部が反転した。

戸張も反転し、谷田部とともに駆けだした。前を行く源八たちを追っていく。

「お菊！」

与之吉が絶叫した。

五

「ちくしょう！　おれの目の前で、お菊を攫っていきゃァがった」

孫六が、怒りと無念さに身を顫わせて言った。

孫六の顔が赭黒く染まり、目がつり上がっていた。いつになく、激しい怒りである。孫六は、お菊を自分の身内のように思っているのだろう。

「わしも、無念だ」

源九郎の顔にも、怒りと悔しさが色濃く浮いていた。

源九郎の座敷に、七人の男が集まっていた。源九郎、孫六、菅井、茂次、三太郎、平太、それに与之吉である。小半刻（三十分）ほど前、菅井たちが深川からもどり、源九郎の家に集まったのである。

部屋のなかは濃い夕闇につつまれていたが、行灯に火を点けようとする者はいなかった。

「孫六、怪我はどうなのだ」

菅井が訊いた。

孫六の左腕に分厚く、晒が巻いてあった。源九郎が孫六を家に連れてきて、手当てしてやったのだ。その晒に、血が滲んでいる。

「お、おれの怪我なんぞに、かまっちゃァいられねえ。……お菊を取り戻さねえと、島吉に顔向けできねえ」

孫六が声を震わせて言った。

「何とか、お菊を助け出さないとな」

菅井がけわしい顔をした。

「だが、迂闊に手は出せんぞ。やつらは、お菊を人質にとったのだ。わしらの動きを封じるためにな」

源九郎が言った。

「おのれ！」

菅井が目をつり上げた。頰がこけ、顎のとがった顔が赤みを帯びて、夜叉のように見えた。菅井の胸にも、強い怒りがあるようだ。

「だからといって、このままにしていたら、お菊もお幸もどうなるか分からねえ。客でもとらされて、体はぼろぼろにされちまう」

　孫六が強い口調で言った。

　すると与之吉が、

「お菊を助けてくだせえ。あっしにできることは、何でもやります」

と、必死になって訴えた。

「わしも、黙ってみているつもりはない」

　源九郎が、いつになくけわしい顔で言った。

「何としても、お菊を助け出そう。……そのためには、まず、お菊やお幸が監禁されている場所をつかまねばな」

「宗造と源八の塒が、分かっているのだ。早く、どちらかをつかまえて吐かせれば、監禁場所も分かるはずだ」

　菅井が言った。

「だが、わしらが宗造か源八を捕えたと分かれば、谷田部たちはお菊を殺すかもしれんぞ。殺さなかったとしても、お菊やお幸の監禁場所は変えるだろうな」

「うむ……」

菅井が顔をしかめた。

「旦那、あっしらが、お縄にしなけりゃァいいんだ。栄造に捕ってもらえばいい。それに、博奕か強請りの科を口実にすりゃァ、あっしらだとは思わねえはずだ」

孫六が身を乗り出して言った。

「とっつァん、いい考えだぜ」

茂次が声を上げた。

「すぐに、栄造に会おう」

源九郎は、栄造の手を借りようと思った。

「明日にも、栄造に声をかけてここに来てもらいやすよ」

孫六が勢い込んで言った。

お菊が連れ去られた翌日、四ツ（午前十時）過ぎに、孫六が源九郎の家に栄造を連れてきた。顔をそろえたのは、源九郎、孫六、栄造、それに菅井と茂次だった。菅井と茂次は、早くから源九郎の家に来ていたのである。

「孫六から話を聞いたと思うが、昨日、人攫い一味が長屋に押し込んできてな、お菊が連れていかれたのだ」

源九郎が無念そうに切り出し、昨日の一部始終をかいつまんで話した。

「六人もで、押し込んできたのか」

栄造が厳しい顔をした。人攫い一味は簡単には捕えられない、とあらためて思ったのだろう。

「それでな。お菊を助け出すためにも、栄造の手を借りたいのだ」

源九郎が言った。

「話してくだせえ」

「わしらは、一味の宗造と源八の塒をつかんでいるのだ。ふたりとも、攫った娘たちの監禁場所を知っているとみている。どちらかを捕えて吐かせれば、娘たちを助け出すことができるはずだ。娘たちを攫った一味の狙いや黒幕も分かるのではないかな」

源九郎は、谷田部たちの背後に黒幕がいるとみていた。宗造か源八なら、黒幕のことも知っているはずである。

「ふたりいっしょに、お縄にしやすか」

栄造が訊いた。

「いっしょに捕えるのは、むずかしい。どちらかひとりだな。それに、わしらが捕えたのではなく、町方が捕えたことにしたいのだ。……お菊の命がかかっているからな」

谷田部たちや黒幕を捕えても、お菊やお幸を助け出せなかったら、何にもならない。

「それで、どっちを捕りやす」

「宗造がいいな。源八は大男だ。つかまえて、連れてくるだけでも面倒だからな。それに、山本町は賑やかなところだ。一味に知れないように、源八を捕えるのはむずかしい」

「おれも、宗造がいいと思うな」

菅井が言った。

「それで、捕えた宗造をどこへ連れていきやす」

栄造が男たちに目をやって訊いた。はぐれ長屋に連れてくるつもりか、訊いたようだ。

「ここはまずい。わしらが、宗造を捕えたことが、一味にばれてしまうからな。……どうだ、入船町の番屋を使えないか。博奕か、強請りで捕えたことにすればいい。それに、宗造を捕えて吟味した後は、村上どのに話して大番屋に連れていってもかまわないのだ」

「承知しやした」

栄造がうなずいた。

六

源九郎は袖無しに軽衫姿で、脇差だけを差した。隠居の老武士らしい恰好だが、源九郎とは思わないだろう。

菅井はどこで借りてきたのか、小袖に帯をしめて首に袈裟をかけ、腰に大刀だけを差していた。天蓋と尺八を手にしている。虚無僧の恰好である。

源九郎と菅井は、正体がばれないように変装したのだ。

「うまく化けやしたね」

孫六が源九郎と菅井を見て言った。

源九郎の家に、菅井、孫六、平太の三人が来ていた。これから、入船町にむかうのである。

すでに、茂次と三太郎は、朝から入船町に行っていた。宗造の塒である芝蔵店を見張っているはずだ。

「そろそろ出かけるか」

源九郎が言った。

まだ、昼を過ぎて間がなかった。源九郎たちはこれから入船町にむかい、陽が沈む前に宗造を捕えるつもりでいた。町方が捕えたことにするためにも、長屋の住人に見られる方が都合がよかったのだ。

源九郎たちは竪川沿いの道に出ると、東に足をむけ、竪川にかかる二ツ目橋を渡った。そして、深川方面にむかい、霊巌寺の脇を通って仙台堀にかかる海辺橋のたもとに出た。

「こっちでさァ」

平太が先にたち、海辺橋を渡ってから仙台堀沿いの道を東にむかった。

源九郎たちは、亀久橋のたもとを過ぎてから右手におれ、掘割沿いの道を南に歩いて入船町に入った。

海が近くなったせいか、風のなかに潮の匂いがした。

掘割にかかる汐見橋を渡っていっとき歩くと、右手に貯木場がひろがっていた。この辺りは、木場で知られた地である。通りかかる男たちのなかに、印半纏(しるしばんてん)姿の船頭や川並などの姿が目につくようになった。

「芝蔵店は、その路地を入った先でさァ」

平太が左手の路地を指差して言った。

「茂次と三太郎は」

源九郎が訊いた。

「路地を入った先に、いるはずで」

「行ってみよう」

源九郎たちは路地に入った。

そこは寂しい路地で、小体(こてい)な店や仕舞屋(しもたや)などがまばらにあったが、空き地や笹藪(ささやぶ)なども目についた。

源九郎たちが一町ほど歩いたとき、平太が路傍に足をとめ、

「芝蔵店は、そこの路地木戸の先ですぜ」

と言って、斜向(はす)かいにある路地木戸を指差した。

路地木戸の先に、棟割り長屋らしい家屋が三棟並んでいた。

「茂次たちは、どこにいる」

源九郎が平太に訊いたとき、路地沿いの笹藪の陰から人影があらわれた。茂次である。

茂次は源九郎たちに近付き、

「旦那たちを待ってやした」

と、小声で言った。

「宗造はいるか」

すぐに、源九郎が訊いた。いなければ、宗造が帰るまで待たねばならない。

「いやす。女房のおくらも、いっしょでさァ」

茂次が言った。女房の名は、おくららしい。

「三太郎は」

「そこの笹藪の陰にいやす」

茂次は、自分が隠れていた笹藪を指差した。

「わしらも、そこで栄造たちを待つことにするか」

源九郎たちは、笹藪の陰にまわった。その場から、笹藪越しに路地木戸を見ることができた。長屋に出入りする者を見張るには、いい場所である。

「ところで、宗造の家は分かっているのか」

源九郎が訊いた。分かっていなければ、長屋に踏み込んでから、住人に訊かなければならない。

「分かっていやす」

茂次によると、昼前のうちに長屋に入り、住人にそれとなく訊いて確かめておいたという。

それから、小半刻（三十分）ほど経ったとき、栄造が三人の男を連れて姿を見せた。ひとりは、入船町界隈を縄張りにしている岡っ引きの猪八で、他のふたりは下っ引きだという。猪八も、村上から手札を貰っているそうだ。おそらく、栄造は猪八の顔をたてるために連れてきたのだろう。猪八の縄張に勝手に来て、下手人を捕るのは気が引けるにちがいない。

「宗造は、界隈でも手を焼いている悪党でしてね。たたけばいくらでも、埃の出てくるやつでさァ」

猪八が目をひからせて言った。まだ、二十代半ばであろうか。岡っ引きとしては、若い方である。

「知り合いの娘が、宗造たちに攫われてな。何とか助け出したいのだ。手を貸してくれ」

源九郎が猪八に頼んだ。

「栄造から、話を聞いてまさァ。旦那たちのお手伝いをさせていただきやす」

猪八が殊勝な顔をして言った。

「華町の旦那、踏み込みやすか」

栄造が言った。

「踏み込もう」

その場に菅井と三太郎が残り、路地木戸を見張ることになった。

相手は、宗造とおくらだけである。源九郎や栄造たちだけで十分だった。それで、菅井と三太郎は、何かあったときに備えて路地木戸を見張ることになったのだ。

「いくぞ」

栄造が下っ引きたちに声をかけた。

栄造と猪八が先にたった。どうやら、猪八も宗造がどこに住んでいるか知っているようだ。源九郎や茂次たちは、栄造たちにつづいた。

路地木戸から入ると、猪八が先導し、北側の棟の端まで来て足をとめた。

「三つ目の家が、やつの塒でさァ」

猪八が小声で言い、足音を忍ばせて近付いた。栄造と下っ引きたちがつづく。栄造や下っ引きたちは、獲物に迫る猟犬のような目をしていた。手に手に十手を持っている。

七

「入りやす」

猪八が小声で言い、腰高障子をあけはなった。

狭い土間の先の座敷に、宗造がいた。胡座をかいている。脇に、年増が座っていた。おくららしい。

宗造の膝先に貧乏徳利が置いてあった。宗造とおくらは、湯飲みを手にしていた。ふたりで、貧乏徳利の酒を飲んでいたようだ。おくらも、あばずれらしい。

「なんだ、てめえらは！」

宗造が、猪八と栄造を見て怒りの声を上げた。

「わしの顔を、見忘れたか」

後から入った源九郎が、声をかけた。

源九郎は、まだ刀を抜いていなかった。捕物の様子を見てから、刀を遣おうと思ったのである。

「てめえは、華町！」

宗造が目を剝いて叫んだ。

「宗造、神妙にしやがれ！」

猪八が声を上げた。

猪八と栄造につづいて、下っ引きたちが十手を構えて土間に踏み込んできた。

「ちくしょう！」

叫びざま、宗造は膝の脇にあった匕首をつかんで立ち上がろうとした。

すかさず、栄造が座敷に踏み込み、立ち上がって匕首を抜こうとした宗造の右手に十手をたたきつけた。素早い動きである。

ギャッ！

と宗造が叫び、手にした匕首を取り落とした。

そこへ、猪八が踏み込み、十手で宗造の後頭部を殴りつけた。

ゴン、という頭をたたく音がし、宗造の首がかしげ、後ろによろめいた。すかさず、下っ引きたちが、宗造の肩先や袖をつかんで畳の上に押し倒した。

「縄をかけろ！」

栄造が声をかけた。

ふたりの下っ引きが、宗造の体を押さえつけ、別のひとりが宗造の両手を後ろにとって早縄をかけた。

おくらは座敷にへたり込んでいたが、宗造に縄がかけられたのを見ると、四つん這い（ば）になり、這ってその場から逃げようとした。

「おめえも、いっしょに来てもらうよ」

孫六がおくらの両肩を押さえつけた。

おくらにも縄をかけ、ふたりに猿轡（さるぐつわ）をかました。騒ぎ立てないように、口をふさいだのである。

「栄造たちで、ふたりを連れ出してくれ。わしらは、後から出る」

源九郎が言った。

長屋の者が騒ぎを聞き付けて、戸口から様子を見ているはずだ。町方が宗造とおくらを捕えたことにするために、栄造や猪八たちだけでふたりを連れ出し、源九郎たちは後から出るのである。

「承知しやした」

栄造が言い、猪八たちとともに宗造とおくらを連れ出した。

栄造たちは、宗造とおくらを汐見橋近くにあった番屋に連れ込んだ。猪八とおくらから話を聞くのである。

番屋には、仙助という初老の番太がいた。栄造が仙助に、村上からの指示で、宗造とおくらを博奕の科でお縄にしたことを話した。仙助が近所の者に話しても、源九郎たちのことが知れないよう配慮したのである。

「仙助、これから、お縄にしたふたりを締め上げるつもりだ。おめえは、ちょいと遠慮してくんな」

そう言って、猪八が仙助を番屋から出した。

仙助が番屋を出て間もなく、源九郎や菅井たちが顔を出した。

「華町の旦那、宗造から先に訊いてみてくだせえ」

栄造はここに来る前、源九郎に、お菊の居所を知りたいので、先に訊問させてくれ、と頼まれていたのだ。

「すまんな」

そう言って、源九郎が宗造の前に出ようとしたとき、

「華町の旦那、あっしにやらせてくだせえ」

と、孫六が言って、源九郎の脇に進み出た。

孫六の顔が、いつもとちがっていた。顔がひきしまり、双眸が強いひかりを帯びている。

「やってみろ」

源九郎は身を引いた。源九郎は孫六の胸の内にある、お菊を助け出したい、という強い思いを感じ取ったのだ。

宗造は後ろ手に縛られ、猿轡をかまされていた。宗造は前に立った孫六の顔を見て、怯えるように視線を揺らした。

「……宗造、島吉がな、今わの際に、お菊を守ってくれ、とおれに頼んだのだ。そのおれの目の前で、てめえたちはお菊を攫っていきゃアがった。……てめえの体を八つ裂きにしても、お菊の居所を聞き出すからな」

孫六の顔が、怒張したように赭黒く染まっていた。胸に衝き上げてきた怒りを押さえているせいだろう。孫六の声は、震えを帯びている。

孫六は宗造の猿轡をはずすと、

「おれは、他のことは訊かねえ。お菊は、どこにいる」

宗造を睨みつけて訊いた。

「……し、知らねえ」

宗造が顔を横にむけたが、その顔は紙のように蒼ざめ、体は顫えていた。孫六の激しい怒りが自分に向けられているのを感じて、強い恐怖を覚えたらしい。

「知らねえだと、てめえたちが連れていったのは、分かってるんだ。……いま、しゃべりたくなるようにしてやるぜ」

孫六は、番屋に置いてあった六尺棒を手にして宗造の前に立った。

八

「むかしな、どうにもならねえ悪党を締め上げるときにやったのよ。……痛えぞ。そのうち、両腕が千切れるからな」

孫六は宗造の後ろにまわり、首、両腕、手首に掛けて縛ってある細引の背の方に、六尺棒の先を差し込んだ。

「……！」

宗造の顔から血の気が引き、恐怖で視線が揺れた。

「やるぜ」

孫六は六尺棒を両腕で握り、力を込めて捩(ねじ)った。六尺棒がまわると、宗造の両腕が後ろに反り、細引が首と手首に深く食い込んだ。

グワッ！

宗造は呻(うめ)き声を上げ、首を反らせて身を捩(よじ)った
「しゃべるか！」

孫六はさらに力を込めて六尺棒をまわした。ギリギリと音をたてて、細引が首や手に食い込んでいく。

宗造は上半身を浮かし、激しく首を振った。元結が切れ、ざんばら髪になり、バサバサと音をたてた。

「は、話す！　話す。助けて！」

宗造が叫んだ。

孫六は手を緩め、荒い息を吐きながら、

「お菊はどこにいる」

と、声を震わせて訊いた。孫六も、必死になって六尺棒を捩ったのだ。

「……………」

宗造は、すぐに言葉が出なかった。顔に脂汗が浮き、血の気を失っている。

「お菊はどこにいる」

孫六が同じことを訊いた。

「……よ、好月楼だ」

「女郎屋か」

孫六の顔がゆがんだ。

好月楼は、黒江町にある女郎屋だった。源八が、若い衆をしているはずである。

「……お菊たちは、まだ見世には出てねえ」

「どこにいるのだ」

脇から、源九郎が訊いた。

「奥の見世だ」

宗造によると、好月楼は通りに面した見世に通常の客を入れ、奥の見世は特別な上客だけ入れるという。

「どんな客を入れるのだ」

「……金持ちで、口の堅え客だけだ」

客は、一晩の遊びで十両、二十両の大金を払える大店の旦那やお忍びで遊びにくる大身の旗本などだという。

「好月楼のあるじは、だれでえ」

孫六が訊いた。

「弥蔵（やぞう）の旦那で……」

宗造が首をすくめて言った。

「弥蔵が、おめえたちの親分か」

「そうじゃァねえ」

「親分はだれだ」

孫六が畳み掛けるように訊いた。

「……」

宗造は蒼ざめた顔をして口をとじた。目に怯えの色がある。宗造は親分を恐れているようだ。

源九郎は宗造が口をつぐんだのを見て、

「恵比須ではないのか」

と、訊いた。利根次から聞いていた恵比須の名を出したのだ。

宗造は驚いたような顔をし、

「そ、そうだ」

と、源九郎に目をむけて言った。

「恵比須の名は」

さらには、源九郎が訊いた。

「曾右衛門の旦那で……」

「曾右衛門かい！」

猪八が声を上げた。

「曾右衛門を知っているのか」

源九郎が猪八に訊いた。その場にいた男たちの視線が猪八に集まった。

「へい」

猪八によると、曾右衛門は深川で幅を利かせていた親分で、賭場の貸元をしていたという。また、女房には子供屋の女将をやらせていたそうだ。

ところが、五年ほど前に女房が病で亡くなってから、おのれが老齢ということもあって、賭場をとじて姿を消してしまった。深川の闇世界では、曾右衛門は隠居し、若い妾といっしょにひそかに暮らしていると噂されているという。

「そういえば、好月楼は、曾右衛門の女房がやっていた子供屋を改装した女郎屋だぞ」

猪八が言った。

「曾右衛門は、どこにいるんでえ」

孫六が宗造に訊いた。

「好月楼の裏の見世に……」

裏の見世は、曾右衛門の隠居所も兼ねていて、妾と何人かの若い衆がいるという。その若い衆のなかに、はぐれ長屋に押し込んだときにくわわっていた久助と貞次郎もいるそうだ。

それから、源九郎たちはあらためて谷田部と戸張の居所を訊いた。

宗造によると、戸張は黒江町の左兵衛店で暮らしているそうだ。利根次が話していたとおりである。

「谷田部は？」

「松井町に屋敷がありやすが、ちかごろは帰ってねえようで」

谷田部は御家人の次男坊だという。

「どこで、暮らしているのだ」

「恵比須の親分のところに、寝泊まりしていやす」

宗造によると、谷田部は何年も前から曾右衛門の用心棒として、そばにいることが多かったそうだ。

「これで、一味の居所が知れやしたぜ」

孫六が目をひからせて言った。

宗造につづいて、おくらからも訊いたが、新たなことは、ほとんどなかった。宗造の自供を、いくつか確認しただけである。

訊問が終わると、おくらが、

「あたしを帰して」

と言って、哀願するような顔をした。

「おめえは、宗造といっしょに、八丁堀まで行ってもらうことになるな」

栄造が強い口調で言った。

第五章　悪の巣

一

源九郎が菅笠（すげがさ）を手にして戸口から出ると、菅井と孫六の姿が見えた。こちらに歩いてくる。菅井は羽織袴姿で、二刀を帯びていた。源九郎と同じように、菅笠を手にしている。

「いいところに来たな」

源九郎は、菅井の家に行こうと思っていたのだ。

源九郎たち三人は、深川黒江町に行くつもりだった。好月楼へ行き、見世（みせ）の裏手がどうなっているか見ておこうと思ったのである。

「めしは食ったのか」

菅井が訊いた。

「半刻（一時間）も前にな」

源九郎は、昨日の夕めしの残りを湯漬けにして食ったのだ。

五ツ（午前八時）を過ぎていた。夏の強い陽射しが、はぐれ長屋に照り付けている。長屋はひっそりとしていた。亭主たちは仕事に出かけ、女房連中は朝餉の片付けを終えて一休みしているころである。

「その恰好なら、華町と分からんな」

菅井が源九郎に目をやって言った。

源九郎は袖無しに軽衫姿で、脇差を帯びていた。入船町に宗造を捕えにいったときの恰好である。

「おまえも、その方がいいぞ。虚無僧姿はかえって目立つからな」

源九郎が言った。菅井は入船町に行ったとき、虚無僧に身を変えたが、かえって人目を引いたのだ。

「天蓋もいいが、夏は暑いからな」

菅井が顔をしかめた。

「茂次たちは？」

源九郎が孫六に訊いた。

「松井町に行きやしたぜ」

「谷田部の屋敷を探しにいったのか」

「そうでさァ」

茂次たちは、宗造が谷田部の屋敷は松井町にあると話したのを聞いていて探しにいったらしい。

「さて、行くか」

源九郎と菅井は菅笠をかぶった。顔を隠すための笠だが、今日は陽射しが強いので都合がいい。

源九郎たち三人は、竪川沿いの道に出て一ツ目橋を渡ると、大川端の道を川下にむかった。そして、永代橋のたもとを過ぎてしばらく歩いてから左手の表通りに入った。そこは、富ケ岡八幡宮の門前通りにつづいている。

掘割にかかる八幡橋を渡ると、前方に八幡宮の一ノ鳥居が見えてきた。通りの左右にひろがる町並が黒江町である。

この辺りまで来ると、急に人通りが多くなってきた。通りの左右には、料理屋や料理茶屋などもあり、遊山(ゆさん)客や参詣客の姿が目立つようになってきた。

前方の一ノ鳥居が近くなってきたとき、孫六が路傍に足をとめ、

「あれが、好月楼ですぜ」

と言って、通りの右手にある店を指差した。

門前通り沿いでも、人目を引く大きな妓楼だった。通りからすこし下がったところにあり、料理茶屋を思わせるような雰囲気があった。戸口の格子戸の脇につつじの植え込みと籬があり、好月楼と染め抜かれた大きな暖簾が下がっていた。戸口のまわりは、紅殻色の壁になっていて、二階の軒下に提灯が下がっている。戸口の脇の長床几に、弁慶格子の単衣を裾高に尻っ端折りした妓夫が腰を下ろしていた。妓夫は、女郎屋の客引や店番などをする男である。

「旦那、客がいるようですぜ」

孫六が言った。

好月楼の二階から、男の哄笑や嬌声などが聞こえてきた。客と女郎の声であろうか。

「見世に入るわけにはいかんな」

菅井が好月楼の二階に目をやりながら言った。

「ともかく、裏手にまわってみるか」

見世の脇から覗くと、裏手には庭木が植えてあるらしく、松や高野槙などの緑が見えた。裏手はひろそうである。

源九郎たちは、ゆっくりとした歩調で好月楼の前を通り過ぎた。

「旦那、そこに路地がありやすぜ」

孫六が指差した。

好月楼と隣の料理屋との間に小径があった。ひとがふたり、並んで通るのがやっとの道幅である。裏手にまわるための小径かもしれない。

好月楼の裏手には、小径沿いに板塀がつづいていた。松、高野槙、紅葉などの庭木が枝葉を茂らせている。

「おい、あれではないか」

菅井が板塀の先を指差した。

好月楼につづいて、数寄屋ふうの別棟があった。平屋の大きな家である。座敷は四、五間ありそうだ。隠居所というより、好月楼の別見世のようだった。渡り廊下でつながっているらしい。好月楼と廊下伝いに行き来できるようになっているようだ。

「お菊が、閉じ込められているのはここですぜ」

孫六が声をひそめて言った。

「そのようだ」

源九郎も、お菊やお幸たちが監禁されているのは、この家だろうと思った。以前、攫(さら)われた娘たちは、ここで客の相手をさせられているのかもしれない。

「曾右衛門もここにいるのか」

菅井が言った。

「うむ……」

源九郎は腑に落ちなかった。

確かに好月楼とは別の棟になっているが、すぐ近くにあり、廊下伝いに行き来できるのだ。それに、用心棒役の谷田部や妾(めかけ)がいっしょに住んでいるとは思えないし、曾右衛門が身を隠すのはむずかしいだろう。

「裏手に、行ってみるか」

源九郎たちは、裏手にまわった。

別棟のある裏手はひろく、植木が植えられていた。

「裏手は、ひろいな。まるで、旗本屋敷のようだぞ」

菅井が言った。

裏手には、納屋や土蔵、別の小体(こてい)な数寄屋ふうの家もあった。客の利用できる茶室でもあるのかもしれない。

「そこからも、出入りできやすぜ」

孫六が板塀を指差して言った。

好月楼をかこった板塀に切り戸があった。そこから、裏手の小径に出入りできるらしい。

源九郎たちが裏手の小径をたどって行くと、別の路地につきあたった。左手におれていっとき歩くと、門前通りに出た。好月楼の裏手の小径は、左右どちらをたどっても門前通りに出られるようだ。

「どうしやす」

孫六が言った。

「せっかく来たのだ。近所で聞き込んでみるか」

源九郎たちは、門前通りをすこし歩き好月楼から離れたところで、小間物屋や茶店などに立ち寄って、それとなく好月楼のことを訊いてみた。

たいしたことは分からなかった。分かったことは、五年ほど前に曾右衛門の女房が死んだ後、好月楼の裏手にあった商家を買い取って裏手をひろげ、あらたに別棟も造ったことである。また、好月楼のあるじが、弥蔵であることも確認した。弥蔵が曾右衛門の子分らしいことは推測できたが、関係ははっきりしなかった。

「今日は、これまでだな」

源九郎たちは、大川方面に足をむけた。はぐれ長屋に帰るのである。

二

その日の夕方、源九郎の家に、茂次、三太郎、平太の三人が顔を見せた。谷田部の家を探しにいった帰りらしい。

源九郎は三人が座敷に腰を落ち着けると、

「それで、谷田部の屋敷は分かったのか」

と、訊いた。

「分かりやした」

茂次によると、谷田部の家は六十石の後家人で非役だという。谷田部は、次男坊ということもあって、二十歳を過ぎたころから家には寄り付かないそうだ。

「牢人と変わらないな」

谷田部が、用心棒で曾右衛門のそばにいるのも、住処が定まらないからだろう、と源九郎は思った。

「わしらは、好月楼を探ってみたのだ」

源九郎は、好月楼の様子を茂次たちに話した。

「それで、どうしやす」

茂次が訊いた。

「菅井たちと相談したのだがな、明日にも村上どのに話して、好月楼に踏み込み、お菊たちを助け出そうと思っているのだ」

源九郎たちだけでは、どうにもならなかった。好月楼と裏手の別棟にも踏み込まねばならない。それに、源九郎たちの目的は、お菊とお幸を助け出すことであり、曾右衛門や谷田部たちをどうするかは、町方の仕事である。

「どうするかは、村上どのに話を聞いてからだな。……三人とも、今夜はゆっくり休むといい。このところ、連日の遠出で疲れたろう」

源九郎が労うように言った。

翌朝、源九郎は早目に朝餉をすませ、孫六が来るのを待っていた。ふたりで浅草諏訪町に行くつもりだった。栄造に話して、村上につないでもらおうと思ったのである。

……遅いな。

五ツ(午前八時)を過ぎていた。孫六は、なかなか姿を見せない。

源九郎は、孫六の家に行ってみようと思い、腰高障子をあけると、こちらに歩いてくる孫六の姿が見えた。どういうわけか、栄造もいっしょである。

源九郎は戸口から出て、ふたりが近付くのを待ち、

「どうしたのだ」

孫六と栄造に目をむけて訊いた。

「栄造親分が、あっしの家に来たんでさァ」

孫六が言った。

「旦那たちに話がありやして」

栄造が小声で言った。

「ちょうどよかった。わしらが、諏訪町まで行くつもりだったのだ。……ともかく、入ってくれ」

源九郎は、ふたりを家に入れた。

孫六と栄造が上がり框に腰を下ろすと、

「栄造から話してくれ」

源九郎が言った。

「へい、村上の旦那が、大番屋で宗造とおくらから話を聞き出しやしてね。……旦那からあっしに、好月楼に踏み込むので、華町の旦那に知らせろ、とお指図があったんでさァ」

「それは都合がいい。わしらも、そのことで村上どのと話したかったのだ」

「村上の旦那は、巡視の途中、川沿いの笹喜に寄るそうでしてね。旦那たちも、あっしといっしょに来ていただけやすか」

どうやら、栄造は、村上の意向を伝えるためにはぐれ長屋に来たらしい。

笹喜は、竪川沿いにあるそば屋である。

「むろん、行く。それで、何時ごろかな」

源九郎が言った。

「四ツ半（午前十一時）ごろになりやしょう」

「その前に、わしと孫六とで笹喜で待っていよう」

「村上の旦那に、伝えておきやす」

そう言い残し、栄造は路地木戸の方へ足をむけた。

源九郎と孫六は、四ツ半前に笹喜に行った。店のあるじに訊くと、村上はまだとのことだった。源九郎と孫六はあるじに話し、板敷きの間の奥の小座敷で村上たちを待つことにした。

源九郎たちが小座敷に腰を落ち着けてしばらく待つと、戸口で村上らしい声がし、数人の足音が聞こえた。

小座敷の障子があいて、村上と栄造が姿を見せた。村上に従っていた手先たちは板敷きの間にいるようだ。

「待たせたかい」

村上は源九郎の顔を見て訊いた。

「いや、わしらも来たばかりだ」

来たばかりではないが、源九郎はそう言っておいた。

村上と栄造が座敷に腰を落ち着け、注文を訊きにきたあるじに、村上が酒とそばを頼んだ。あるじが座敷から去ると、

「旦那たちのお蔭で、人攫い一味の様子が、だいぶ知れたよ」

と、村上が切り出した。

「わしらは、長屋から攫われたお菊を助け出したいのでな。長屋の者たちといっしょに、探ってみたのだ」

源九郎が言った。

「ただ、うかうかしてると、やつらはこっちの動きを知るぞ」

「うむ……」

「やつらがこっちの動きをつかんで、姿を消す前に手を打ちたいのだ」

村上が顔をひきしめて言った。

「わしらも、早くお菊を助け出したいのでな、できることはするつもりでいる」

源九郎は、村上の顔をつぶさないよう、できるだけ村上に従うつもりでいた。

「曾右衛門が、黒幕らしいな」

村上は、曾右衛門を知っているようだ。賭場の貸元だったころ、曾右衛門の名を聞いていたのかもしれない。

「曾右衛門は、裏手の別棟にいるのか」

村上が訊いた。

「そうらしいが、はっきりしないのだ。……ただ、攫われた娘たちが、別棟にいるのはまちがいないとみている」

「いずれにしろ、別棟に踏み込んで娘たちを助け出すのが先だな」

村上が言うと、

「旦那、好月楼の方はどうしやす」

と、栄造が訊いた。

「好月楼のあるじは、弥蔵だったな」

「へい」

「曾右衛門の子分とみていいだろう。いっしょに捕ろう」

村上が強い口調で言った。

「わしらも、いっしょに踏み込みたいが、どうかな。先に、お菊を助け出したいのだ」

源九郎は自分たちの手で、お菊とお幸を助け出したかった。ただ、曾右衛門と谷田部が、裏手の別棟にいるかもしれない。捕方が谷田部を捕えようとすれば、大勢の犠牲者がでるだろう。それに、谷田部や曾右衛門の子分が、刃物をふりまわすようなことになれば、お菊たちにも危害が及ぶ恐れがある。

「手を貸してくれ」

村上が言った。

「それで、いつ、踏み込むな」

源九郎が訊いた。

「客のいるときに、女郎屋に踏み込んだら大騒ぎになる。女郎や客たちが逃げ回るなかでは、捕物などできまい。……そう考えると、朝方しかないな」

「そうだな」

源九郎も、朝方しかないとみた。流連の客が何人かいるだろうが、早朝なら大きな騒ぎにはならないだろう。

「早い方がいい。明日だな」

「承知した」

村上は今日中に捕方を手配し、明日の未明に黒江町にむかうと話した。

源九郎は菅井たちにも話し、明朝早いうちに黒江町に行くつもりだった。

三

「旦那、あっしも連れてってくだせえ」

与之吉が身を乗り出して言った。

源九郎と孫六は、笹喜から長屋に帰ると、菅井たちに連絡して源九郎の家に集まってもらったのだ。そのなかに、与之吉もいた。お菊の居所が知れ、明日助けに行くことを与之吉にも話しておこうと思い、声をかけたのである。

源九郎が集まった男たちに、明日のことを話すと、与之吉が自分も行くと言い出したのだ。

「与之吉も連れていくが、わしらの指示にしたがってくれ。……町方も大勢行くし、勝手に動くとお菊たちを助けられなくなるからな」

「旦那たちに言われたとおりにやりやす」

与之吉が殊勝な顔をして言った。

「よし、では、明日の手筈を話すぞ」

暗いうちに長屋の井戸端に集まり、明け方には好月楼に着くつもりだ、と源九郎が話した。

「腹ごしらえは、井戸端に集まる前にしておいてくれ。軽めがいいぞ」

「承知しやした」

平太が緊張した面持ちで言った。

「今夜は、早めに寝てくれ」

源九郎がそう言うと、孫六たちがいっせいに立ち上がり、土間へむかった。

孫六、茂次、平太、三太郎、与之吉の五人は戸口から出ていったが、菅井だけが座敷に残った。

「菅井、どうした、明日は早いぞ。……まさか、将棋ではあるまいな」

源九郎が菅井の顔を覗くように見て訊いた。

「しばらく、華町と将棋を指していないが、いくらなんでも、今夜将棋を指すなどとは言わん」

「では、何で残っている」

「朝めしだ。おまえのことだ。明日の朝めしは、抜きでいくつもりではないのか」

「まァ、そうだが……」

菅井の言うとおり、源九郎は水でも飲んで我慢しようと思っていた。

「おれが、握りめしを持ってきてやる。今日、これから炊くのでな。おまえの分もと思ったのだ」

「そ、それは、ありがたい」

「華町、みんなのいる前で、明日の朝めしのことなど話したくなかったのだ。それで、みんなが帰るのを、待っていたのではないか。おれの胸の内が、分からんのか」

菅井が仏頂面して言った。

「す、すまぬ」

源九郎は、思わず頭を下げた。

「では、明日の朝な」

そう言い置いて、菅井は腰を上げた。


寅ノ上刻（午前三時過ぎ）ごろであろうか。腰高障子があいて、菅井が姿を見せた。手に飯櫃を持っている。

「早いな」

源九郎は、起きて着替えたところだった。まだ、顔も洗っていない。

「握りめしだぞ」

菅井は飯櫃を手にしたまま座敷に上がってきた。飯櫃のなかには、握りめしが四つ、小皿にうすく切ったたくあんまで添えてある。昨夜のうちにめしを炊き、今朝早く起きて握ったにちがいない。菅井は、独り暮らしだが几帳面なところがあり、炊事や洗濯は女にも負けないくらいきちんとやる。

「茶は出せないぞ。湯が沸いてないからな」

源九郎が肩をすぼめて言った。

「水でいい、水で――」

「待ってろ」

源九郎はふたつの湯飲みに流し場で水を汲み、座敷に持ってきた。

「さて、いただくかな」

源九郎は、握りめしを頰張り始めた。

握りめしを食い終え、急いで流し場で顔を洗うと、源九郎は菅井と連れ立って井戸端にむかった。

まだ、真っ暗だった。長屋の家々は夜の帳につつまれ、ひっそりと寝静まっている。上空には星空がひろがり、十六夜の月がぽっかりと浮かんでいた。

井戸端には、男たちが集まっていた。孫六、平太、三太郎、与之吉の姿があった。茂次はまだらしい。

源九郎と菅井が井戸端に来て間もなく、走り寄る足音がし、茂次が姿を見せた。

「す、すまねえ。お梅が作ってくれた朝めしを食ってたら、遅れちまった」

茂次が照れたような顔をして言った。お梅は、茂次の女房だった。子供がいないせいもあって、まだ新婚気分が残っているようだ。

「茂次、朝めしを食ったばかりで悪いが、平太と三太郎を連れて、先に行ってくれんか」

源九郎が言った。茂次たち若い三人が先に行って、好月楼と裏手の離れを見張ることになっていた。すでに、そのことは昨夜茂次たちに話してあったのだ。

「合点だ」

平太が声を上げ、茂次たち三人は足早に路地木戸にむかった。

「わしらも行くか」

源九郎たち四人も、路地木戸に足をむけた。

東の空が、ほんのりと明らんでいた。源九郎たちは、好月楼の近くまで来ていた。

富ケ岡八幡宮の門前通りは、まだ夜陰につつまれていた。日中は賑やかな通りも、いまは人影もなくひっそりと寝静まっている。

好月楼の店先にも、人影はなかった。まだ、村上たち町方も姿を見せていないらしい。

源九郎たちが好月楼の店先まで来ると、店の脇の暗がりから人影が出てきた。三太郎だった。

「どうだ、好月楼の様子は」

源九郎が訊いた。

「変わりありやせん」

「茂次たちは？」

「裏手の切り戸の近くにいるはずでさァ」

「町方はまだかな」

源九郎は通りの左右に目をやって訊いた。

「何人か来てるようですぜ」

三太郎によると、捕方らしい男が何人か通り沿いの店の軒下や天水桶の陰などに身を隠しているという。

「そろそろ、集まってくるころだな」

源九郎は、東の空に目をやった。さきほどより、東の空の明るさが増しているようだった。

四

辺りが白んできた。東の空が、淡い曙色に染まっている。門前通り沿いに並ぶ店が淡い夜陰のなかに、その姿をあらわしてきた。

「八丁堀の旦那だ！」

好月楼の店先にいた捕方が、通りの先を指差した。

見ると、村上が十数人の捕方を連れて足早にやってくる。村上はふだん町筋を歩いているときと同じ恰好をしていた。小袖を着流し、羽織の裾を帯に挟む巻き羽織と呼ばれる姿である。捕方たちも、捕物装束ではなかった。小袖を裾高に尻っ端折りし、股引に草鞋履きである。

おそらく、村上は巡視の途中で下手人を捕えたことにしたいのだろう。奉行に上申し、与力の出役を仰ぐようなことになれば、未明の捕物はむずかしく、事前に曾右衛門たちに察知される恐れがあった。

ただ、捕方のなかには、六尺棒や掛矢を持っている者がいた。六尺棒は刃物を持って抵抗する者に備えたのであろう。掛矢は、戸締まりのしてある戸を打ち破るためらしい。

　村上たちが好月楼の近くまで来ると、先着していた捕方たちが、村上のまわりに集まった。総勢、二十数名である。

「華町どの、変わりないか」

　村上が、源九郎に訊いた。

「変わりない」

「よし、裏手から踏み込もう」

　村上が捕方たちにも聞こえる声で言った。

　昨日、村上と源九郎とで捕物の手筈を相談したとき、先に離れに踏み込み、監禁されている娘たちを助けることにしてあったのだ。

　村上は捕方たちを集めると、好月楼の店先に七人の捕方を残した。好月楼を見張り、何か異変があれば、対応させるためである。

「こっちだ」

　源九郎たちが先に立った。

　源九郎たちや村上の率いる捕方の一隊は、好月楼と隣の料理屋との間にある小径に入った。裏手にむかいながら裏手の別棟に目をやると、灯の色はなく、淡い夜陰のなかにひっそりと沈んでいた。

源九郎たちは裏手にまわった。板塀のそばに、人影があった。先に来ていた茂次たちである。茂次たちは、板塀の切り戸のそばにいた。

茂次たちは源九郎たちの一隊を目にすると、足早に近寄ってきた。

「どうだ、変わりないか」

源九郎が訊いた。

「へい、切り戸はあきやすぜ」

茂次が小声で、ここから、なかに入(へえ)れやす、と言い添えた。

源九郎が切り戸から侵入できることを村上に伝えると、

「踏み込むぞ」

村上が捕方たちに手を振って合図した。

村上の後に源九郎や茂次たちが切り戸から踏み込み、捕方の一隊が後につづいた。なかは静寂につつまれ、庭木や離れは淡い夜陰につつまれていた。村上をはじめとする捕方の一隊は、松や紅葉などの樹間を縫うようにして、裏手の別棟にむかっていく。

別棟の近くまで来ると、一隊は足音を忍ばせて戸口にむかった。

戸口は洒落た格子戸になっていた。飛び石と植え込みがあり、小さな石灯籠が配置されていた。思ったより大きな家だった。家のなかから、かすかな物音が聞こえた。すすり泣くような声と衣擦れの音である。

「裏手にまわれ」

村上が捕方に指示した。

すると、五人の捕方が別棟の脇を通って裏手にむかった。菅井、茂次、三太郎の三人も捕方につづいた。菅井たち三人は、裏手から踏み込むことにしてあったのだ。

裏手にむかった捕方たちの姿が消えると、

「踏み込むぞ」

村上が声を殺して言った。

捕方のひとりが、格子戸に手をかけて引いた。あかない。心張り棒がかってあるらしい。

「ぶち破れ！」

村上が言った。

すぐに、掛矢を持った捕方が、格子戸の前に立った。

捕方は掛矢を振り下ろした。

バキッ、と大きな音がひびき、掛矢が格子をたたき破った。

捕方は破った格子の間から片手を差し入れ、心張り棒をはずした。格子戸は、すぐにあいた。

「入るぞ！」

村上が声を上げた。

村上につづいて、源九郎、孫六、平太、与之吉の四人が踏み込んだ。与之吉と孫六が源九郎のすぐ後についた。ふたりとも、逸る心を押さえかねるように先に立とうとした。

「焦るな」

源九郎がふたりに声をかけた。

家のなかは暗かったが、間取りを識別できるだけの明るさはあった。土間の先が板間になっていた。その奥に襖がたててある。右手には、奥へつづく廊下があった。

そのとき、廊下の先で襖をあけるような音がし、

「何の音だ！」

「戸口にだれかいるぞ！」

男のやり取りが聞こえ、廊下を走る足音がひびいた。

……だれか来る！

源九郎は刀の柄に手をかけた。

村上や捕方たちは土間に立ったまま十手を手にした。

姿を見せたのは、ふたりの若い男だった。寝間着姿である。若い衆らしい。

一瞬、ふたりは土間にいる大勢の男たちを見て、凍りついたようにつっ立ったが、

「捕方だ！」

と叫ぶと、反転して廊下に駆けもどった。逃げるつもりらしい。バタバタと廊下を走る音がひびいた。

「踏み込め！」

村上が捕方たちに声をかけた。

五

「村上どの、先にいくぞ」

源九郎が村上に声をかけ、板間に上がった。捕方たちより先に、お菊とお幸を見つけて助け出したかったのだ。

孫六、与之吉、平太の三人が、源九郎につづいた。四人は廊下に踏み込み、奥へむかった。

廊下沿いの左手に、襖をたてた部屋がつづいていた。右手は雨戸になっている。

源九郎は手前の部屋の襖をあけた。座敷である。夜具が敷いてあった。

……女がいる！

淡い闇のなかに、ふたりの女の肌が白く浮き上がったように見えた。ふたりは寝間着姿で、枕屏風の脇に抱き合うような恰好で座っていた。座敷に入ってきた源九郎たちに目をむけている。色白の顔が、恐怖と怯えにゆがんでいた。攫われた娘たちらしい。だが、お菊ではなかった。

孫六と与之吉がふたりのそばに近寄り、

「お、お菊を知らないか」

と、与之吉が声を震わせて訊いた。

「……！」

ふたりは目を剝き、身を顫わせて与之吉を見ている。

「おめえたちを助けにきたのだ。……お菊とお幸は、どこにいる」

孫六が訊いた。

「お、奥の部屋に……」

ほっそりした女が、声を震わせて言った。

「与之吉、行くぜ」

孫六は反転した。

「すぐにもどってきて、助けてやるからな」

そう言い置き、源九郎も反転した。

孫六たちにつづいて、源九郎と平太が座敷を出た。

孫六と与之吉は、次の部屋の襖をあけてなかに飛び込んだ。そこには、女が三人いた。だが、お菊とお幸の姿はなかった。

「次だ」

孫六と与之吉は、三つ目の座敷の襖をあけた。

薄闇のなかに、ふたりの女の姿が見えた。布団の上に座して身を寄せ合っている。ふたりとも襦袢姿だった。色白の顔や肌が、白蠟のように見える。

「お菊！」

与之吉が声を上げて、走り寄った。

「あ、兄さん……」

お菊は腰を浮かせ、両手を伸ばして与之吉に抱き付いた。そして、顔を与之吉の胸に埋めて、しゃくり上げた。

「お、お菊、もう大丈夫だ」

与之吉が泣き声で言った。

脇にいた孫六が、

「お、お菊、怪我はねえかい。……安心していいぞ。長屋のみんなで助けにきたからな」

と、声をつまらせて言った。孫六まで、涙ぐんでいる。

「ま、孫六さん、ありがとう……」

そう言った後、お菊は声を上げて泣き出した。子供のような大きな泣き声である。

源九郎はお菊、与之吉、孫六の三人に目をやった後、身を顫わせているもうひとりの娘に近付き、

「お幸か」

と、訊いた。

「は、はい……」

色白で、人形を思わせるような顔立ちの娘だった。身を顫わせながら、不安そうな目で源九郎を見上げている。

「わしらは、稲兵衛に頼まれて助けにきたのだ。安心しろ。すぐに、親のところに帰れるからな」

源九郎が言うと、お幸の瞳が揺れ、涙が頰をつたった。

お幸は両手で顔をおおい、肩を揺らしてしゃくり上げ始めた。

「孫六、平太、後は頼むぞ」

源九郎は踵を返した。

廊下に出ると、奥の方で捕方の声、怒声、悲鳴などが聞こえた。裏手から逃げようとした若い衆を、菅井や捕方たちが取り押さえようとしているらしい。

表の方でも、捕方の声にまじって物音や男の怒声が聞こえた。村上たちが、だれかを捕縛しようとしているようだ。曾右衛門や谷田部がいたのかもしれない。

源九郎は、表に走った。

村上や捕方たちは、土間の右手にあった座敷にいた。そこが、帳場のようになっている。捕方たちが、何人か取り押さえたようだ。

源九郎が戸口につづく板間まで来ると、村上と数人の捕方が右手の座敷から出てきた。栄造の姿もあった。

「だれを、捕えたのだ」

すぐに、源九郎が訊いた。

「若い衆と年寄りの女だ。ふたりとも、押さえた」

村上が言った。

「そうか」

曾右衛門や谷田部たちではないようだ。

「女は遣り手らしい。……曾右衛門は奥にいるかな」

「いないようだぞ」

源九郎は、奥にも曾右衛門や谷田部はいないような気がした。

ふたりがそんなやりとりをしているところに、廊下から菅井、茂次、三太郎の三人が姿を見せた。

「裏手には、だれがいた」

すぐに、源九郎が訊いた。

「若い衆がふたり逃げてきたので、捕方が押さえた」

菅井が言った。

「他には、いなかったのか」

「だれもいなかったな」

「曾右衛門も谷田部も、ここにはいないようだ」

源九郎が村上に顔をむけて言った。

「すると、好月楼か」

村上は帳場にいる捕方たちを呼ぶと、

「これから、好月楼に踏み込む。はじめから、弥蔵は捕えるつもりで来たのだ」

そう源九郎に言い残し、捕方とともに戸口から出た。三人の捕方が帳場に残り、捕えた若い衆と遣り手女のそばに付いている。

源九郎、菅井、茂次、三太郎の四人は、村上たちにつづいて外に出た。

だいぶ明るくなっていた。東の空は曙色に染まり、上空も青さを増している。

どこか遠方で雨戸をあけるような音が聞こえた。朝の早い家が、起きだしたらしい。

村上たち一隊は、好月楼に走った。

六

源九郎、菅井、茂次、三太郎の四人は、別棟の戸口に残っていた。

「好月楼には、曾右衛門も谷田部も、いないような気がする」

源九郎が言った。

「おれも、そんな気がするな」

菅井が顔をけわしくしてつぶやいた。

「だが、この近くにいるはずだ」

源九郎は胸の内で、曾右衛門、どこにいる、とつぶやきながら、辺りに目をやった。

「いるとすれば、納屋か、土蔵か。それとも、あの茶屋のような家か」

菅井が言った。

そのとき、源九郎は、五年ほど前、曾右衛門は好月楼の裏手にあった商家を買い取ってひろげ、新たに離れを造ったという話を思い出した。

……離れといっしょに、あの茶屋も造ったのではあるまいか。

と、源九郎は思った。

「あの茶屋のような家にいるかもしれんぞ」

源九郎が菅井たちに言った。

「行ってみるか」

菅井も、茶屋があやしいと思ったようだ。

源九郎たち四人は、茶屋にむかった。松や紅葉などの植木の間を抜けると、茶屋の脇に出た。

遠くで見るより大きな家だった。二、三部屋は、ありそうだ。瀟洒（しょうしゃ）な造りである。戸口は格子戸になっていて、脇につつじの植え込みとちいさな籬があった。

家のなかで物音がした。廊下を踏むような音である。

「だれか、いるぞ！」

源九郎が声を殺して言った。

「あけるぞ」

菅井が格子戸を引くと、すぐにあいた。戸締まりはしてなかったか、それとも今朝になってあけたかである。

土間の先が、狭い座敷になっていた。座敷に、人影はなかった。長火鉢が置いてあり、正面に神棚がしつらえてあった。座敷の奥は別の部屋になっているらしく、襖がたててあった。

そのとき、襖の奥で、

「だれか、来たようですよ」

と、女の声がした。

「だれかな」

男のしゃがれ声が聞こえ、夜具を動かすような音がした。年寄りの声である。曾右衛門かもしれない。

着物を羽織るような音がし、つづいて襖があいた。顔を出したのは、年増(としま)である。赤い襦袢の上に、花柄の単衣をかけていた。単衣の胸元を手でつかんで、襟を合わせている。帯を締める間がなかったらしい。

年増は土間に立っている源九郎たちを見て、

「だ、だれです！」

と、ひき攣(つ)ったような声を上げた。

「座敷にいる曾右衛門に会いにきた者だ」

源九郎が曾右衛門の名を出した。

「お、おまえさん、だれか、来たよ」

年増は、顔をこわばらせて後じさった。戸口にいる源九郎たちに、恐怖を覚えたのであろう。

源九郎は座敷に踏み込んだ。奥の座敷にいるのは、曾右衛門にまちがいないようだ。菅井たちも、源九郎につづいた。

奥の座敷で、男が立ち上がった。寝間着姿だった。大柄で、でっぷり太っている。髷や鬢は真っ白だった。

男は襖の間から顔を覗かせ、

「お、おまえさんたちは、だれです。いきなり、他人の家に押し込んできて……」

と、声を震わせて言った。

寝間着の襟元が大きくひらき、太鼓腹があらわになっていた。

丸顔で頬がふっくらしていた。目が糸のように細い。恵比須を思わせるようなふくよかな顔である。

「曾右衛門、ここにいたか」

源九郎が曾右衛門を見すえて言った。

「そ、曾右衛門って、だれのことです。てまえは、増吉（ますきち）ですよ」

どうやら、増吉という偽名を使ってここで暮らしていたようだ。

「ごまかそうとしても、駄目だぞ。その顔を見れば、すぐに分かる。恵比須にそっくりではないか」

源九郎が強い口調で言った。

「……！」

曾右衛門のふくよかな顔が、押しつぶされたようにゆがんだ。

曾右衛門は後じさりながら、

「旦那！　谷田部の旦那」

と、しゃがれ声で呼んだ。

すると、左手の襖がひらき、谷田部が姿をあらわした。谷田部も寝間着姿だった。左手に大刀を引っ提げている。

「伝兵衛店のやつらか！」

谷田部が叫んだ。

谷田部は襖を押しあけると、抜刀して鞘（さや）を足元に落とした。闘うつもりである。これを見た曾右衛門は、年増とふたりでさらに後じさり、源九郎たちから離れると左手に足をむけた。そこに、裏手に通ずる短い廊下がある。

「逃げるか、曾右衛門！」

源九郎が後を追おうとした。

すると、谷田部が源九郎の前に立ちふさがり、

「おれが、相手だ」

と叫び、切っ先を源九郎にむけた。

「華町！　谷田部は、おれにやらせろ」

菅井が谷田部の前に出て対峙（たいじ）すると、刀の柄に右手を添えた。居合で谷田部と勝負するつもりらしい。

源九郎は逡巡（しゅんじゅん）するような顔をしたが、

「菅井、まかせたぞ」

と言い置き、曾右衛門を追って左手に走った。

源九郎は、菅井の遣う居合は狭い部屋のなかでの闘いに、より威力を発揮することを知っていた。部屋のなかなら、菅井が谷田部に後れをとるようなことはない、とみたのである。

茂次がその場に残り、三太郎が源九郎につづいた。

七

「待て！」

源九郎と三太郎は、曾右衛門と年増の後を追った。ふたりは廊下を、よろけるように逃げていく。

源九郎たちは、裏手の台所の近くで曾右衛門たちに追いついた。

「後ろから、斬るぞ！」

源九郎が声をかけると、曾右衛門は足をとめて振り返った。女は曾右衛門の巨体の後ろにまわり込み、蒼(あお)ざめた顔で身を顫わせている。

「曾右衛門、観念しろ。すでに、離れと好月楼には町方が踏み込んでいるぞ」

源九郎が言った。

「よ、よせ……」

曾右衛門は、恵比須のような顔をゆがめて後じさった。

「往生際が悪いぞ」

「ほ、欲しい物は何でもやる。……か、金か。千両でも、二千両でもやるぞ」

曾右衛門が声を震わせて言った。

「もう、金など役にたたぬ」

源九郎は抜刀し、刀身を峰に返した。曾右衛門が歯向かってきたら、峰打ちで締めるつもりだった。

「ち、ちくしょう！」

ふいに、曾右衛門の顔が豹変した。憤怒に顔が怒張したように膨れ、目をつり上げ、歯を剝き出した。ただ、つっ立ったままだった。怒りに身を顫わせている。素手なので、手向かうこともできないようだ。

「観念しろ！」

源九郎が、切っ先を曾右衛門の太い首筋にむけた。

すると、曾右衛門の顫えが激しくなり、腰から沈むようにその場にへたり込んだ。恵比須のような顔が、押し潰されたようにゆがんでいる。

「三太郎、縄を持っているか」

源九郎が訊いた。

「とっつァんに、短いのを借りてきやした」

「そいつで、曾右衛門を縛ってくれ」

「へい」

三太郎は、曾右衛門の両腕を後ろに取って縛った。ぎこちなかったが、何とか縛れたようだ。

源九郎は懐から手ぬぐいを取り出し、女の両腕を後ろにとって縛った。女はまったく抵抗しなかった。蒼ざめた顔で、源九郎のなすがままになっている。後で分かったのだが、女は曾右衛門の妾のおときだった。

源九郎は、三太郎に曾右衛門と女を見ているように頼み、戸口に近い座敷にとって返した。


菅井と谷田部は、まだ対峙していた。

ふたりの間合は、二間半ほどだった。真剣の立ち合い間合としては近い。座敷なので、間合をひろく取れないのだ。

菅井は左手で刀の鯉口(こいぐち)を切り、右手を柄に添えていた。居合腰に沈め、抜刀体勢をとっている。

対する谷田部は八相に構えていたが、刀身を横に寝かせていた。鴨居に斬りつけないように低く構えているのだ。

……そのまま横に払ってくる！

と、菅井は読んだ。

刀身を横に寝かせた構えから真っ向や袈裟に斬り込むためには、刀身を振り上げてから斬り込まねばならない。そうすると、斬撃がわずかに遅れるのだ。

菅井は趾を這うように動かし、ジリジリと間合を狭め始めた。

対する谷田部は、動かなかった。菅井との間合を読み、斬撃の機をうかがっている。

菅井はさらに間合をつめた。間合が狭いために、すぐに居合の抜き付けの間合に迫ってきた。

菅井の全身に気勢が漲り、抜刀の気が高まってきた。対峙している谷田部にも、斬撃の気配があった。ふたりは痺れるような剣気をはなっている。

そのとき、廊下を走る足音がし、源九郎が姿を見せた。

一瞬、谷田部の視線が源九郎にむけられた。この一瞬の隙を菅井がとらえた。

イヤアッ！

裂帛の気合と同時に、菅井の体が躍った。

シャッ、という刀身の鞘走る音がし、菅井の腰元から稲妻のような閃光がはしった。

逆袈裟へ——。居合の抜き付けの一刀である。

一瞬遅れ、谷田部が裂帛の気合を発し、低い八相から刀身を横に払おうとした。

刹那(せつな)、ザクリ、と谷田部の左の前腕が裂けた。

菅井の切っ先が、八相から横に払おうとした谷田部の左腕をとらえたのである。一方、谷田部の切っ先は、菅井の肩先をかすめて空を切った。

次の瞬間、ふたりは後ろに跳んだ、敵の二の太刀を恐れたのである。

谷田部の左の前腕が縦に裂け、赤くひらいた傷口から血が迸(ほとばし)り出た。左腕が真っ赤に染まり、血が赤い筋を引いてタラタラと流れ落ちた。

谷田部の八相に構えた刀の切っ先が、小刻みに震えていた。傷を負った左腕が震えているのだ。

「谷田部、勝負あったな」

菅井が低い声で言った。

菅井の細い目が、うすくひかっている。面長で顎(あご)のしゃくれた顔が、高揚して赤みを帯びていた。まさに、般若(はんにゃ)のような顔である。

「まだだ！　うぬも、居合は遣えまい」

言いざま、谷田部が摺り足で間合を狭めてきた。

すかさず、菅井は脇構えにとった。居合の抜刀の呼吸で、脇構えから逆袈裟に斬り上げるのである。

菅井と谷田部の間合いが一気に狭まった。

菅井が一足一刀の間境に踏み込むや否や、

タアリャッ!

谷田部が、甲走った気合を発して斬り込んだ。

低い八相から横一文字へ――。菅井の首の高さに、閃光がはしった。

咄嗟に、菅井は身を引きざま上体を後ろへ倒し、脇構えから逆袈裟に斬り上げた。一瞬の反応である。

谷田部の切っ先は、菅井の肩先をかすめて流れ、菅井の切っ先は谷田部の脇腹を斜に斬り上げた。

谷田部が、呻き声を上げて前によろめいた。脇腹が裂け、赤くひらいた傷口から臓腑が覗き、血が流れ出ている。

谷田部は足をとめ、反転しようとしたが、その場にへたり込んだ。刀を取り落とし、右手で脇腹を押さえて苦しげに呻いている。

「とどめを刺してくれる」

菅井は、谷田部の脇に立って刀を一閃させた。

にぶい骨音がし、谷田部の頭が前にかしいだ瞬間、首筋から血が激しく飛び散った。

谷田部は首を前に垂らしたまま動かなくなった。絶命したらしい。首筋から噴出した血が、谷田部の体を真っ赤に染めている。血に塗れた凄絶な死体である。

「菅井、みごとだ！」

源九郎が声をかけた。

「ここは狭いからな。おれの居合に、利があったようだ」

菅井が目をひからせて言った。まだ、気が高揚しているらしい。

捕物は終わった。

源九郎たちと村上たちは、別棟の戸口の前に集まった。

源九郎たちは頭目の曾右衛門と子分の安次郎、それに若い衆三人を捕え、谷田部を斬っていた。安次郎は、曾右衛門の許に身を隠していたのである。また、若い衆のなかに、はぐれ長屋に押し入ってお菊を攫った六人のなかのふたり、源八と貞次郎もいた。源八は巨体だったので、押さえるのに苦労した。取り逃がした者はいない。

一方、好月楼に踏み込んだ村上たちも、あるじの弥蔵と三人の子分を捕縛した。三人の子分のなかに、貞次郎といっしょにはぐれ長屋に押し入った久助がいた。久助は好月楼の包丁人見習いとして、店に寝泊まりしていたようだ。他の子分は、若い衆として好月楼で働いていたのだ。

陽は東の空に昇っていた。庭木の葉叢(はむら)の間から射し込んだ夏の陽が、離れの前の地面で戯れるように揺れている。

「引っ立てろ！」

村上が捕方たちに声をかけた。

第六章　遠　雷

一

源九郎は座敷で諸肌脱ぎになり、手ぬぐいで体の汗を拭いていた。暑い日だった。狭い家のなかは、むっとするような暑熱でつつまれている。

四ツ（午前十時）ごろだった。はぐれ長屋は、妙に静まり返っていた。暑さのせいで、子供たちは遊びに出ず、長屋の女房連中は部屋のなかで凝としているのだろう。

そのとき、戸口に近付く足音がした。ふたりである。源九郎は、慌てて単衣の袖に腕を通した。長屋の住人なら裸でいてもかまわないが、足音は聞き覚えのないものだった。

戸口で、足音がとまった。

「華町の旦那、いやすか」

孫六の声だった。

源九郎は拍子抜けしたような気がしたが、

「いるぞ。入ってくれ」

と、声をかけた。

腰高障子があいて、姿を見せたのは孫六と佐田屋のあるじの稲兵衛だった。聞き覚えのない足音の主は、稲兵衛である。

稲兵衛は絽羽織に単衣だった。大店のあるじらしい身装である。

源九郎は、孫六が腰高障子をしめようとしたのを見て、

「孫六、あけておいていい。すこしは、風がとおるだろう」

と、声をかけた。

源九郎は「上がってくれ」と言って、ふたりを座敷に上げた。いまごろ、上がり框近くは地面の照り返しで暑いのだ。

「茶でも淹れたいが、湯を沸かしてないのでな」

「茶は結構です」

稲兵衛は、口許に笑みを浮かべて言った。

「団扇(うちわ)を、使うか」

源九郎は、座敷の隅にあった古い団扇を孫六と稲兵衛に手渡した。

「かまわんでください」

稲兵衛は受け取った団扇を膝の上に置き、

「今日は、娘を助けていただいたお礼にうかがいました」

と、おだやかな声で言った。

お幸を、好月楼の離れから助け出して五日過ぎていた。源九郎たちは、お菊とお幸を助け出した後、与之吉や孫六たちがお菊を連れてはぐれ長屋に帰り、源九郎と菅井とで、お幸を佐田屋に送っていったのである。

稲兵衛と女房のお秋(あき)、それに奉公人たちも大層喜んだ。そのとき、稲兵衛は源九郎と菅井に、

「近いうちに、長屋にうかがいます」

と、口にしたのだ。

そのときから、稲兵衛はお礼に来るつもりだったのだろう。

「い、いや、礼にはおよばないが……」

源九郎は口ごもった。お幸を人攫い一味から助け出すよう依頼されたとき、大金をもらっていたので、あれで十分だと思った。ただ、孫六も見ているので、源九郎の一存で断ることはできない。

「人攫い一味は大勢で、そのなかにお侍がふたりもいたとお聞きしました。それに、一味の者たちはこの長屋にも押し入ったそうで……。さぞかし大変なご苦労をなさったことでしょう」

稲兵衛が言った。

「まあな」

一筋縄ではいかない一味だったことはまちがいない。

「これは、ほんの気持ちでございます」

稲兵衛は懐から袱紗包みを取り出した。

……また、百両か！

源九郎は、袱紗包みの膨らみぐあいから、この前と同じように切り餅が四つ包んであるとみた。

「いただいておくか」

源九郎は、袱紗包みに手を伸ばした。チラッ、と孫六に目をやると、嬉しそうな顔をしてちいさくうなずいた。

稲兵衛は源九郎が袱紗包みを手にしたのを見て、

「華町さま、これで人攫い一味の心配はなくなったのでしょうか」

と、顔の笑みを消して訊いた。

どうやら、稲兵衛は人攫い一味の者がまだ残っていて、お幸に手を出すのではないかという懸念を持っているようだ。そうした懸念もあって、この百両を持参したらしい、と源九郎は思った。

「心配ない。一味の者たちは、町方の手で捕えられた。今後、お幸に手を出すことはないはずだ」

源九郎は断言した。ただ、一味の者をすべて捕えたわけではない。大物がひとり残っていた。戸張笹十郎である。

源九郎は、戸張を斬らねば、始末はつかないと思っていた。それで、茂次、平太、三太郎の三人に話し、戸張の塒のある黒江町の左兵衛店を探ってもらっていた。

好月楼に踏み込んだ翌日、源九郎は菅井といっしょに左兵衛店に行ったのだが、戸張の姿はなかった。

好月楼は左兵衛店と同じ黒江町にあったので、戸張は源九郎や町方が好月楼に踏み込んだのを耳にし、逸早く姿を消したのかもしれない。

ただ、その後も、源九郎たちは左兵衛店には目をひからせていた。長屋の戸張の部屋には、持ち物が残っていたし、近所で聞き込んだ結果、付近に戸張が馴染みにしている小料理屋があると知れたからである。

「それを聞いて安心しました」

稲兵衛が、ほっとしたような顔をした。

「お幸さんは、元気にしてますかい」

孫六が訊いた。

「お蔭さまで、ちかごろは以前のお幸にもどったようです」

「それは、よかった」

「ところで、お幸と同じように攫われたお菊さんですが、どうされてますか。お幸の話では、お菊さんにいろいろ助けてもらい、慰められたり励まされたりしたので、辛い仕打ちに耐えられたともうしておりましたが」

「お菊も、元気にしてまさァ。兄貴といっしょに、この長屋で暮らしてるよ」

孫六が言った。

お菊は怪我や病気もなく長屋に帰ることができ、いまは与之吉といっしょに暮らしていた。

「お幸から聞いたのですが、お菊さんの兄の与之吉さんも、助けに来ていただいたそうで」

「お菊たちは、兄妹のふたりだけなのでな。助け合って暮らしているようだ」

そう言って、源九郎は団扇に手を伸ばした。

「お幸から、与之吉さんは、上方で料理の修業をして江戸に帰ってきたと聞きましたが」

「そのようだ」

源九郎は、団扇で稲兵衛に風を送った。

「いま、お仕事は」

稲兵衛が訊いた。

「包丁人として働ける店を探しているようでさァ」

孫六が言った。

「実は、佐賀町に松坂屋(まつざかや)という料理屋がありましてね。店が近いこともあって、わたしはあるじの房造(ふさぞう)さんと懇意にしてるんです。その房造さんが、包丁人を探していようでしてね。なんですか、長年板場をまかせていた包丁人が病で亡くなったとか……。与之吉さんにその気があれば、ご紹介しますが」

「それはありがたい。与之吉も、喜ぶのではないかな」

源九郎は松坂屋を知っていた。老舗の料理屋である。

「これから、与之吉さんに会って話してもよろしいでしょうか。お菊さんにも会って、お礼を言いたいもので……」

稲兵衛が言うと、

「それがいい。あっしが、お連れしやすぜ」

孫六が勢い込んで言った。孫六には、お礼の百両が利いているらしい。

二

その日、はぐれ長屋が夕闇につつまれたころ、源九郎の家に、菅井、孫六、茂次、三太郎、平太の五人が集まってきた。

源九郎は茂次たちが深川から帰るのを待って、孫六とふたりで長屋をまわり、源九郎の家に集まるように伝えたのである。

男たちの膝先に貧乏徳利と湯飲みがあった。一杯やりながら話すために、それぞれの家から持ち寄ったのだ。

源九郎たちは手酌でついで、いっとき喉を潤してから、

「今日な、佐田屋の稲兵衛がみえたのだ」

源九郎が切り出し、

「これは、礼だそうだよ」

と言って、懐から袱紗包みを取り出した。

男たちの視線が、いっせいに袱紗包みに集まった。茂次と三太郎の手にした湯飲みが、口の前でとまっている。

孫六はひとりで、ニヤニヤしている。

「百両ある」

源九郎が、膝先で袱紗包みを解いた。この前と同じように、切り餅が四つあった。

「また、百両か!」

茂次が声を上げた。

三太郎や平太の顔にも、驚喜の色があった。百両は大金である。

「これは、お幸を助け出した礼だけではないと思っている。稲兵衛は、これで人

攫い一味の心配はなくなったか、念を押した。わしは、心配はない、と言っておいたが、まだひとり残っているのだ」

　切り餅は、源九郎の膝先に置かれたままである。

「戸張か」

　菅井が低い声で言った。

「そうだ。戸張を討ち取るまでは、始末はついていない。それでな、この金はきっちり始末がついてから、分けたいのだが、どうかな」

　源九郎が男たちに目をやりながら言った。

「それがいい」

　菅井が言うと、他の男たちもうなずいた。

「これは、戸張を討ち取ってからだな」

　源九郎は袱紗に切り餅を包み直して懐に入れると、

「茂次、何か知れたか」

　と、声をあらためて訊いた。

「やつは、長屋に帰(けえ)ってきたようですぜ」

　茂次が言った。

「帰ってきたか」

「へい」

茂次が話を訊いた長屋の住人たちのなかに、戸張の姿を見かけた者が何人かいたという。

「すぐにも、討ちたいな」

戸張は、いずれ黒江町から姿を消すのではあるまいか。源九郎は、曾右衛門や谷田部たちのいなくなった黒江町に、戸張が長くとどまるとは思えなかったのだ。

「華町、明日にも黒江町に行ってみるか」

菅井が目をひからせて言った。

「そうしよう」

源九郎は、戸張が長屋にいれば討ち取りたいと思った。

翌日の午後、源九郎の家に菅井と茂次が顔を見せた。これから、戸張を討つために黒江町にむかうのである。

孫六、三太郎、平太の三人は、朝から黒江町に出かけていた。左兵衛店を見張っているはずである。

源九郎は、菅井と茂次の三人で十分だと思ったが、孫六たち三人が、あっしらは先に行って、左兵衛店を見張りやす、と言って、朝から出かけたのだ。みんなが意気込んでいるのは、あらたに稲兵衛から渡された百両のせいらしい。

よく晴れた暑い日だった。はぐれ長屋は夏の強い陽射しに炙(あぶ)られ、ひっそりとしていた。

「さて、行くか」

源九郎が菅井たちに声をかけた。

源九郎たち三人は、竪川沿いの通りを経て大川端に出た。大川の川面が強い陽射しに照らされ、油を流したようにぶくひかっている。

「暑いな」

源九郎が、首筋の汗を手ぬぐいで拭きながら言った。

「夕立でも、きそうだぞ」

菅井が西の空に目をやった。

白い入道雲が、日本橋の家並のむこうに見えた。しだいに大きくなっていくようだ。

源九郎たちは永代橋のたもとを過ぎ、相川町に入ってしばらく歩いてから左手におれた。そこは大きな通りで、富ケ岡八幡宮の門前通りにつづいている。

掘割にかかる八幡橋を渡った先のたもとで、

「こっちですぜ」

茂次が、左手の掘割沿いの道に足をむけた。

その辺りは黒江町で、掘割沿いには小店、仕舞屋（しもたや）、長屋などがつづいていた。すこし歩くと、空き地や笹藪（ささやぶ）などが目立つようになり、人影もすくなくなった。

茂次が路傍に身を寄せ、

「その八百屋の先ですぜ」

と言って、前方を指差した。

掘割沿いに、小体（こてい）な八百屋があった。その先に、長屋につづく路地木戸がある。長屋の脇は、笹藪になっていた。

「孫六たちが、どこにいるか分かるか」

源九郎が茂次に訊いた。

「その笹藪の陰から、見張ってるはずでさァ。あっしが、呼んできやしょう」

「いや、わしらがそこへ行こう」

源九郎は、笹藪の陰で様子を聞こうと思った。

「こっちで」

茂次が先にたち、空き地の叢（くさむら）のなかを抜けて笹藪の陰にまわった。

そこにいたのは、三太郎ひとりだった。孫六と平太の姿がない。

「孫六と平太は、どうした」

源九郎が訊いた。

「ふたりは、戸張の跡を尾（つ）けていきやした」

三太郎によると、小半刻（三十分）ほど前、戸張は長屋を出て、八幡橋の方へむかったという。

その際、孫六が、「三人もで尾けると、かえって目につく、三太郎はここに残って旦那たちが来るのを待っててくんな」と言い置き、平太とふたりで戸張の跡を尾けたという。

「ここで待つよりないな」

源九郎は西の空に目をやった。

西の空に、入道雲がひろがっていた。黒ずんだ雲が夕陽をつつみ、辺りが薄暗くなっている。

三

掘割沿いの道は、夕暮れ時のように薄暗かった。源九郎たちが身を隠している笹藪を、生暖かい風が揺らしている。

そのとき、雷の音が聞こえた。まだ、遠い。西の空で鳴った遠雷である。

路地の人影はあまり見られなくなった。暮れ六ツ（午後六時）前だが、路地沿いの店のなかには表戸をしめ始めたところもある。

「旦那、平太だ！」

茂次が声を上げた。

見ると、平太が掘割沿いの道を走ってくる。すっとび平太と呼ばれるだけあって、足が速い。

平太は掘割沿いの道から空き地に入り、源九郎たちのいる笹藪の陰に来た。

「どうした、平太」

すぐに、源九郎が訊いた。

「来やす！　戸張が」

平太が目を剝いて言った。

「孫六は？」

付近に、孫六の姿が見えなかった。

「戸張の跡を尾けていやす」

平太が早口で言ったことによると、戸張は長屋を出た後、八幡橋近くにある一膳めし屋に立ち寄ったという。孫六と平太が、一膳めし屋を見張っていると、半刻（一時間）ほどして店から出てきた。そして、長屋の方に足をむけたという。

「孫六親分に、旦那たちが来てるはずだから、先回りして知らせろ、と言われて、飛んで来たんでさァ」

平太は脇道をたどり、戸張の前に出たという。

「戸張は、その道を来るのだな」

源九郎が、掘割沿いの道を指差して訊いた。

「へい」

「よし、道のそばまで出よう」

源九郎たちは笹藪から離れ、掘割沿いの道のそばの灌木の陰に身を隠した。

「来やす！」

平太が声を殺して言った。

見ると、掘割沿いの道の先に戸張の姿が見えた。単衣を着流し、懐手をしてぶらぶら歩いてくる。一膳めし屋で、一杯飲んだのかもしれない。

「菅井、わしが戸張とやる。念のため、菅井はやつの後ろにまわってくれ」

源九郎は、戸張と闘うつもりで来ていたのだ。

「いいだろう。だが、華町があやういとみたら、助太刀するぞ」

菅井が顔をきびしくして言った。

「……」

源九郎は無言でうなずいた。

そんなやりとりをしている間にも、戸張は源九郎たちに近付いてきた。西の空に厚い雲がひろがり、生暖かい風が灌木の葉叢(はむら)をザワザワと揺らしている。

戸張が二十間ほどに近付いたとき、源九郎は灌木の陰から掘割沿いの道に出た。

ギョッ、としたような顔をして、戸張が立ちすくんだ。ふいに、源九郎が姿をあらわしたからであろう。

菅井は、源九郎と戸張が相対したのを見ると、灌木の陰からそっと出た。そして、空き地の丈の高い叢の陰に身を隠すようにして、戸張の背後にまわり込んだ。孫六たちは、灌木の陰に残って、戸張と源九郎を見つめている。

「戸張、待っていたぞ」

源九郎が言った。

「ふたりで、挟み撃ちか」

戸張が背後の菅井に目をやって言った。浅黒い顔が、けわしくなった。双眸が薄闇のなかで、底びかりしている。猛禽を思わせるような目である。

「おぬしの相手は、おれだ」

源九郎は左手で刀の鍔元を握り、鯉口を切った。

「爺さん、刀を遣えるのか」

戸張の口許に薄笑いが浮いたが、すぐに消えた。源九郎が遣い手であることは承知しているのだ。

「戸張、曾右衛門は町方が捕え、谷田部はわしらが斬ったぞ」

源九郎が言った。

「知っている」

戸張も鯉口を切り、右手を柄に添えた。

「なぜ、逃げなかった」

「おれは、逃げるのが嫌いだ。それに、どこにいても同じだからな」

戸張がゆっくりとした動きで抜刀した。

源九郎も抜き、青眼に構えて剣尖を戸張にむけた。

戸張も相青眼に構えた。剣尖が、源九郎の目線にぴたりとつけられている。

ふたりの間合は、およそ三間半――。まだ、遠間である。

……遣い手だ！

と、源九郎はみてとった。

戸張の構えは、隙がなく腰が据わっていた。剣尖に、そのまま眼前に迫ってくるような威圧感があった。それに、戸張には真剣勝負の際の気の昂りがなかった。多くのひとを斬ってきた者の持つ落ち着きと凄みがある。

「できるな」

戸張が言った。顔に、驚きの色が浮いた。おそらく源九郎の構えを見て、源九郎と同じように威圧感を覚えたにちがいない。

ふたりは、相青眼に構えたまま動かなかった。全身に気勢を込め、相手の気の動きを読みながら気魄で攻めている。気攻めである。

時が流れた。ふたりには、時の流れの意識はなかった、全神経を敵に集中させている。

生暖かい風が対峙しているふたりに絡み付き、源九郎の袴の裾を乱し、戸張の総髪を揺らしていた。

そのとき、西の空で稲妻がはしり、間を置いてゴロゴロと雷が鳴った。

遠雷に誘発されるように、戸張が動いた。

足裏を擂るようにして、ジリジリと間合を狭めてきた。源九郎は動かなかった。気を静めて、戸張との間合と斬撃の気配を読んでいる。

……どうくる！

源九郎は、戸張の初太刀を読もうとした。

だが、読めなかった。戸張は、太刀筋を読ませるような構えや体の動きを見せなかったのだ。

源九郎は読むのをやめた。こうした相手には、己の心を無にし、敵の気の動きに反応するしかない。

戸張との間合が迫ってきた。戸張の全身に気勢が満ち、痺れるような剣気をはなっている。

戸張が一足一刀の斬撃の間境に迫った。全身に斬撃の気が高まってきた。

そのとき、遠雷が鳴った。刹那(せつな)、戸張の全身に斬撃の気がはしり、ピクッ、と剣尖が浮いた。

……真っ向か、袈裟(けさ)にくる！

源九郎は頭のどこかで感知した瞬間、

タアッ！

鋭い気合を発し、右手に体をひらきざま刀身を横に払った。一瞬の反応である。

ほぼ同時に、戸張も青眼から振りかぶりざま真っ向へ斬り込んだ。鋭い太刀筋だった。

だが、一瞬、源九郎の斬撃の方が迅(はや)かった。

戸張は刀を振り上げて、真っ向へ斬り下ろす二拍子の太刀だった。一方、源九郎は横に払うだけの太刀である。そのため、わずかに戸張の斬撃が遅れたのだ。

源九郎の切っ先が戸張の脇腹をとらえ、戸張のそれは源九郎の肩先をかすめて空を切った。

一瞬一合の勝負だった。

ふたりは擦れ違い、大きく間合をとってから反転した。戸張の脇腹が裂け、赤くひらいた傷口から臓腑が覗き、血が流れ出た。

戸張は刀を構えなかった。右手だけで刀を持ち、脇にダラリと垂らしている。

「……斬れ！　これまでだ」

戸張が顔をしかめて叫んだ。

「よかろう」

源九郎は青眼に構え、つかつかと戸張に近寄り、

「とどめだ！」

一声上げ、刀身を突き出した。

戸張の胸を突いた刀身は、深く刺さり、切っ先が背から抜けた。戸張は、顔をゆがめたままつっ立っている。

源九郎は、背後に身を引きながら刀身を引き抜いた。戸張の胸から血が奔騰した。切っ先が、心ノ臓を貫いたのである。

戸張は胸部から血を撒きながら、腰から沈むように転倒した。悲鳴も呻き声も上げなかった。

地面に伏臥した戸張は四肢を痙攣させていたが、頭を擡げようともしなかっ

た。心ノ臓から噴出した血が、地面に赤くひろがっていく。

そこへ、菅井が駆け寄ってきた。つづいて、茂次たちも空き地の叢のなかを駆けてきた。

「いい腕だ」

菅井が、横たわっている戸張に目をやって言った。

「勝負は紙一重だった」

本音だった。源九郎は、咄嗟に体を横にひらかなかったら、戸張の斬撃で頭を割られていただろうと思った。

「これで、始末がつきやした」

孫六が言った。

そのとき、頭上近くで雷が鳴った。大きな音である。

「おい、降ってくるぞ」

思わず、源九郎は頭上を見上げた。

「濡れたって、死にゃァしねえ!」

孫六が雷に負けないように大声で言った。

四

「今夜は、飲むぞ」

孫六が嬉しそうに言った。

亀楽だった。飯台をかこんで七人の男が集まっていた。いつものはぐれ長屋の六人にくわえ、栄造の姿もあった。

源九郎たちが、黒江町で戸張を斬ってから、三日経っていた。源九郎たち六人が源九郎の家に集まり、稲兵衛からの礼金を六人で分け終え、これから亀楽に繰り出そうとしていたときに、栄造が長屋に姿を見せたのだ。

栄造は源九郎たちと顔を合わせると、すぐに戸張を斬ったのは源九郎たちか訊いた。おそらく、栄造は村上に確認してくるよう指示されたのだろう。

「わしらは、戸張に勝負を挑まれていたので、それに応じたのだ」

源九郎は、剣の立ち合いで斬ったことを言い添えた。町方が追っている人攫い一味のひとりを、勝手に襲って斬殺したとなると、町方の顔がつぶれると思ったのである。

「村上の旦那も、納得するはずでさァ」

栄造がほっとした顔をし、

「これで、始末がつきやした」

と、言い添えた。

「わしらは、これから亀楽に行くのだが、いっしょに来ないか」

源九郎が栄造を誘うと、

「諏訪町の、久し振りで一杯やろうや」

孫六が、親分だったころの物言いで、栄造に声をかけた。

「ごちになりやす」

栄造が目を細めて言った。

そんなやり取りがあって、源九郎たち七人は亀楽に来ていたのだ。

「栄造もやってくれ」

源九郎は、銚子を取って栄造の猪口に酒をついだ。

「すまねえ」

栄造は照れたような顔をして酒を受けた。

亀楽には、源九郎たち七人の他に客はいなかった。元造が気を利かせて他の客をことわってくれたのだ。

「ところで、捕えた曾右衛門や弥蔵は、口を割ったのか」

源九郎が栄造に訊いた。

「口をひらきやした。ふたりとも、観念したようでさァ」

栄造によると、曾右衛門は当初、自分はただの隠居で何も知らないと言い張ったが、攫われた娘たちが監禁されていた事実は動かしがたく、貞次郎や久助が自白したことを知ると、観念して話すようになったという。

「だれが、素人の娘を攫って、女郎にしようなどと言い出したのだ」

菅井が訊いた。

「曾右衛門でさァ。……曾右衛門は隠居するおり、好月楼の裏手に離れを造ってそこを隠居所にしようとした。ところが、隠居所ができてみると、ここに金持ちだけを集めて上玉を抱かせたら、金になると思いついたようでさァ」

「素人の、しかも、評判の町娘だけを攫ったのは、どういうわけだい」

孫六が訊いた。

「大店のあるじや大身の旗本のなかには、吉原の派手な遊びに飽きてる者もいやしてね。うぶで、しかも評判の町娘を抱けるとなると、大金を積んでもいいと思う者がいるようでさァ。それに、一度素人の娘を抱いてしまうと、後で攫われてきた娘と知ってもお上に訴えられねえ。己も、悪事の片棒を担いだような気になって、口をつぐんでいるしかねえようでさァ」

栄造が顔に怒りの色を浮かべて言った。

「まったく、悪いやつらだ」

源九郎の胸にも怒りが湧いた。

「それで、曾右衛門や弥蔵はどうなりやす」

茂次が訊いた。

「まだお裁きはねえが、曾右衛門は市中引き回しの上、獄門はまぬがれられねえな。弥蔵も死罪だろうよ」

栄造が小声で言った。岡っ引きがとやかく言えることではないので、気が引けたのだろう。

「好月楼で客をとらされていた娘たちは、どうなったのだ」

源九郎は、お菊とお幸の他に四、五人いたとみていた。

「みんな親許に帰(けえ)されやした」

「そうか」

客を取らされた娘たちは心にも傷を負っただろうが、こればかりはどうにもならなかった。親たちの助けと、時の流れのなかで傷を癒すしかないだろう。

「器量がいいのも、考えものだな」

菅井が、仏頂面(ぶっちょうづら)して言った。

「あっしは、女より酒だ」

孫六がそう言って、猪口の酒を一気にかたむけた。

「おれは、女より将棋だな」

菅井がそう言うと、男たちの間から笑いが起こった。

それから、男たちは酒を注ぎ合って飲み、勝手に話を始めた。茂次は孫六の顔が熟柿(じゅくし)のようになり、おだをあげだしたのを見て、

「とっつァん、訊きてえことがあるんだがな」

と、孫六に身を寄せて言った。

「なんでえ」

「お菊が長屋で攫われたとき、とっつァんの怒り方は、ふつうじゃァなかったぜ。まるで、大事(でえじ)な身内が攫われたような剣幕だった。……お菊は、とっつァんの隠し子なんてえことはあるめえな」

茂次が、上目遣いに孫六の顔を見ながら訊いた。

「ば、馬鹿なことを言うな！　そんなことがあるはずはねえ」

孫六は驚きと怒りで、目をつり上げた。

孫六の声で、その場にいた男たちの目が孫六に集まった。

「隠し子じゃァねえとすると、とっつァん、その歳で、お菊にほの字かい」

さらに、茂次がちゃかすように訊いた。

「ほ、ほの字だと！　なんてえこと、ぬかしゃァがる。この歳になって、孫のような娘に、ほの字ってことがあるかい」

孫六がむきになって言った。

「それじゃァどういうわけだい。お菊に、何かあるとしか見えなかったぜ」

茂次が言うと、平太や三太郎がうなずいた。

源九郎と菅井も、孫六を見つめて次の言葉を待っている。

「お菊がな、おみよの子供のころの顔に似てたのよ。それに、爺ちゃんのようだ、なんて言われてな。孫娘のように思えて……」

孫六が、急にしんみりした声で言った。目をしょぼしょぼさせている。怒ったり、涙ぐんだり、年を取ると感情の起伏が激しくなるようだ。

「分かったよ。……とっつァん、飲んでくれ」

茂次まで、しんみりした声になって銚子をむけた。

「……でも、よかった。お菊が、無事に帰ってきたからな。これで、島吉にも顔向けできらァ」

孫六が猪口を差し出しながら言った。

それから半刻（一時間）ほど飲んで、源九郎たちは腰を上げた。

今夜は十分飲んだ。すでに、五ツ半（午後九時）ごろではあるまいか。源九郎と菅井は、孫六たちからすこし遅れて亀楽から出た。

亀楽の外は、夜陰につつまれていた。満天の星である。涼気をふくんだ心地好い夜風が吹いている。

人影のない路地を、孫六、茂次、三太郎、平太、それに栄造もくわわって何かひそひそ話しながら歩いている。

「華町、久しくやってないな」

菅井が歩きながら言った。

「何のことだ」

「将棋だよ。……お菊が攫われてから、ずっとだぞ」

菅井が気落ちした声で言った。

「そういえば、だいぶ指してないな」

「これでは、指し方も忘れてしまうぞ」

「どうだ、菅井、これから指さんか」

なぜか、源九郎はこのまま寝る気になれなかった。

「これからか」

菅井が振り返った。

「夜通しやってもいいぞ」

「夜通しだと！」

菅井が驚いたような顔をした後、

「やるぞ！」

と声を上げ、足早に歩きだした。

源九郎も足を速めた。久し振りで、菅井と将棋を指したくなったのだ。

と-12-44

はぐれ長屋の用心棒
ながや ようじんぼう
怒れ、孫六
いか まごろく

2015年8月9日 第1刷発行

【著者】
鳥羽亮
とばりょう

【発行者】
赤坂了生
【発行所】
株式会社双葉社
〒162-8540 東京都新宿区東五軒町3番28号
［電話］03-5261-4818(営業) 03-5261-4833(編集)
www.futabasha.co.jp
(双葉社の書籍・コミックが買えます)
【印刷所】
慶昌堂印刷株式会社
【製本所】
株式会社若林製本工場

【表紙・扉絵】南伸坊
【フォーマット・デザイン】日下潤一
【フォーマットデジタル印字】飯塚隆士

ISBN978-4-575-66735-6 C0193
Printed in Japan